गुलज़ार

गुलज़ार एक मशहूर शायर हैं जो फ़िल्में बनाते हैं। गुलज़ार एक अप्रतिम फ़िल्मकार हैं जो कविताएँ, कहानियाँ लिखते हैं।

बिमल राय के सहायक निर्देशक के रूप में शुरू हुए। फ़िल्मों की दुनिया में उनकी कविताई इस तरह चली कि हर कोई गुनगुना उठा। एक 'गुलज़ार-टाइप' बन गया। अनूठे संवाद, अविस्मरणीय पटकथाएँ, आसपास की ज़िन्दगी के लम्हे उठाती मुग्धकारी फ़िल्में। 'परिचय', 'आँधी', 'मौसम', 'किनारा', 'ख़ुशबू', 'नमकीन', 'अंगूर', 'इजाज़त'—हर एक अपने में अलग।

1934 में दीना (अब पाकिस्तान) में जन्मे गुलज़ार ने रिश्ते और राजनीति—दोनों की बराबर परख की। उन्होंने 'माचिस' और 'हू-तू-तू' बनाई, 'सत्या' के लिए लिखा—'गोली मार भेजे में, भेजा शोर करता है...।'

कई किताबें लिखीं। 'चौरस रात' और 'रावी पार' में कहानियाँ हैं तो 'गीली मिट्टी' एक उपन्यास। 'कुछ नज़्में', 'साइलेंसेस', 'पुखराज', 'चाँद पुखराज का', 'ऑटम मून', 'त्रिवेणी', 'पाजी नज़्में' वगैरह में कविताएँ हैं। बातों-मुलाक़ातों की किताब 'बोसकीयाना' और 'जिया जले' भी है। बच्चों के मामले में बेहद गम्भीर। बहुलोकप्रिय गीतों के अलावा ढेरों प्यारी-प्यारी किताबें लिखीं जिनमें कई खंडों वाली 'बोसकी का पंचतंत्र' भी है। 'मेरा कुछ सामान' फ़िल्मी गीतों का पहला संग्रह था, 'छैंया-छैंया' दूसरा। 'खराशें' और 'आस-पड़ोस' नाट्य-पुस्तकें हैं। 'मीरा', 'ख़ुशबू', 'आँधी' और अन्य कई फ़िल्मों की पटकथाएँ लिखीं। 'मंज़रनामा' सीरीज़ में सभी के मंज़र प्रकाशित हैं। 'सनसेट प्वॉइंट', 'विसाल', 'वादा', 'बूढ़े पहाड़ों पर' या 'मरासिम' जैसे अल्बम हैं तो 'फ़िज़ा' और 'फ़िलहाल' भी। यह विकास-यात्रा का नया चरण है।

बाक़ी कामों के साथ-साथ 'मिर्ज़ा ग़ालिब' जैसा प्रामाणिक टी.वी. सीरियल बनाया, कई अलंकरण पाए। सफ़र इसी तरह जारी है। चिट्ठी का पता वही है—बोस्कियाना, पाली हिल, बान्द्रा, मुम्बई।

AF730351

किनारा

मंज़रनामा

गुलज़ार

राधाकृष्ण पेपरबैक्स

पहला पुस्तकालय संस्करण
राधाकृष्ण प्रकाशन प्राइवेट लिमिटेड द्वारा
2016 में प्रकाशित

राधाकृष्ण पेपरबैक्स में
पहला संस्करण : 2016
दूसरा संस्करण : 2023

© गुलज़ार

राधाकृष्ण पेपरबैक्स : उत्कृष्ट साहित्य के जनसुलभ संस्करण

राधाकृष्ण प्रकाशन प्राइवेट लिमिटेड
जी-17, जगतपुरी, दिल्ली-110 051
द्वारा प्रकाशित

शाखाएँ : अशोक राजपथ, साइंस कॉलेज के सामने, पटना-800 006
पहली मंजिल, दरबारी बिल्डिंग, महात्मा गांधी मार्ग, प्रयागराज-211 001
1, अनमोल सोराबजी संतुक लेन, धोबी तलाव, मरीन लाइंस, मुम्बई-400 002
वेबसाइट : www.radhakrishnaprakashan.com
ई-मेल : info@radhakrishnaprakashan.com

यश प्रिंटोग्राफिक्स
नोएडा-201 301, (उत्तर प्रदेश)
द्वारा मुद्रित

मूल्य : ₹ 199

KINARA
by Gulzar

ISBN : 978-81-8361-808-3

दीबाचा

जो नज़र आता है, उसे मंज़र कहते हैं और मनाज़िर में कही गई कहानी का नाम मंज़रनामा है। अंग्रेज़ी में इसके लिए दो अल्फ़ाज इस्तेमाल होते हैं : एक स्क्रीनप्ले है, दूसरा सिनेरिओ (Scenerio)। दोनों तक़रीबन एक-से हैं लेकिन स्क्रीनप्ले में 'डिज़ॉल्व' और 'कट' और दूसरी तकनीकी हिदायतें भी लिख दी जाती हैं, जो डायरेक्टर की मदद करती हैं। इसमें 'सेट' यानी 'महल वक़ू' और मंज़र का वक़्त भी दर्ज किया जाता है। (यानी मंज़रनामा सुबह, शाम, रात या दोपहर, किस वक़्त का है) ये तफ़सीलात डायरेक्टर के लिए तभी ज़रूरी होती हैं, जब वह स्क्रीनप्ले को फ़िल्माता है, वरना ये तकनीकी हिदायतें पढ़ने में रुकावट पैदा करती हैं। इसलिए आम क़ारी के पढ़ने के लिए सिनेरिओ ही ज़्यादा मौज़ूँ है, ताकि वह उसे एक नॉवल की सूरत बिना किसी रुकावट के पढ़ सकें। इसी का नाम मंज़रनामा है।

अदब में मंज़रनामा एक मुकम्मल फ़ॉर्म भी है, जिसकी पहली मिसाल जो मेरी नज़र में गुज़री, वह डी. सैका का मंज़रनामा 'अमरीका अमरीका' था। इस डायरेक्टर ने वह मंज़रनामा पहले लिखा, शाया किया और बाद में इस पर फ़िल्म बनाई। अदब में बहुत-से मुसन्निफ़ हैं जो अपने नॉवल भी तक़रीबन मंज़रनामे की शक्ल में लिखते हैं। शरतचन्द्र के बेशतर नॉवल इस फ़ॉर्म के बहुत क़रीब हैं।

ये मंज़रनामे पेश करने का एक मक़सद क़ारी को इस फ़ॉर्म से मुतारिफ़ करना भी है और दूसरे यह कि टी.वी. और सिनेमा से दिलचस्पी रखनेवाले शायक़ीन यह देख सकें कि नॉवल को किस तरह मंज़रनामे की शक्ल दी जाती है। मेरे लिए यह एतराफ़ करना ज़रूरी है कि मैं मंज़रकशी पर किसी महारत का दावेदार नहीं—कोई दूसरा

डायरेक्टर या मुसन्निफ़, हो सकता है, मुझसे बेहतर मंज़रनामा तख़लीक कर ले!

मंज़रनामा का अन्दाज़े-बयान अमूमन ओरिजिनल कहानी से अलग हो जाता है इसलिए वह अस्ल कहानी या नॉवल या सवानह उमरी का Interpretation बन जाता है, जिसकी मिसाल चन्द मशहूर फिल्मों से दी जा सकती है, जैसे–'अनारकली' और 'मुग़लेआज़म' एक ही ड्रामे को माखूज़ किए गए हैं। 'देवदास' जितनी बार बनी, और कई ज़बानों में बनी, उसका मंज़रनामा बदलता रहा। टी.वी. की आमद से मंज़रनामों की ज़रूरत में बहुत इज़ाफ़ा हो गया है। छोटे-छोटे अफ़सानों के मंज़रनामे भी लिखे जाने लगे हैं। अहमद नदीम कासमी, राजिन्दर सिंह बेदी, भीष्म साहनी, मुंशी प्रेमचन्द और दूसरे बेशुमार अदीबों के अफ़सानों पर काम हो रहा है। बहुत-से सीरियल सीधे मंज़रनामों में लिखे जाते हैं। टी.वी. की फिल्मों के लिए चूँकि वक़्त की पाबन्दी (तवालत, Duration) का लिहाज़ रखना पड़ता है, इसलिए मंज़रनामों के लिए अक्सर अदब से लिये गए मशहूर अफ़सानों को कभी मुख़्तसर करना पड़ता है, कभी फैलाव देना पड़ता है।

मुझे उम्मीद है कि मेरी यह कोशिश दूसरों के लिए कारआमद साबित होगी और दूसरों के तजुर्बों से मुझे फ़ायदा होगा–कोई नई राह खुलेगी, कोई नई बात पैदा होगी।

किनारा

[1]

समन्दर के किनारे एक बँगला था। बँगले के फ़र्स्ट फ़्लोर की बालकनी में एक बिलियर्ड टेबल लगी थी। दो शख़्स बिलियर्ड खेल रहे थे। चचा जीत रहे थे। ख़ुशी से पक्का राग गुनगुनाने लगे :

''आए न बालम...का करूँ सजनी!''

भतीजा इन्द्रजीत को यह अच्छा नहीं लगा।

''अंकल, ये बालम बन्द कीजिए। डिस्टर्ब करता है।''
''ये बड़े अली ग़ुलाम ख़ाँ की ठुमरी है बेटा, इसे क्लासिकल कहते हैं।''
''इसमें इतना क्लासिकल होने की क्या बात है? सिर्फ़ दस नम्बर ही तो ऊपर हैं। मारिए भी न!''

पास ही एक आदमी खड़ा उनके प्वाइंट्स बोलता जा रहा था और बोर्ड पर चढ़ा रहा था। इन्द्र की बारी आई। उसके शॉट्र्स अच्छे

लगने लगे। वह सीटी बजाकर ख़ुश हो रहा था और साथ-साथ डिस्को स्टाइल में डांस भी कर रहा था, जिस पर चचा बोल पड़े :

"लुक, बन्द करो ये तेल-मालिश, डिस्टर्ब करता है।"

"इसे पोप म्यूज़िक कहते हैं अंकल! इस पर तो डांस करना चाहिए।"

"इसे डांस कहते हो? लगता है, तौलिया से पीठ पोंछ रहे हो!"

"देखो अंकल, अगर आप गेम हार गए, तो क्लब ले चलोगे और ताज में खाना खिलाओगे।"

"ज़रूर...अगर मैं जीत गया तो आरती के डांस पे ले चलोगे?"

"क्या अंकल, फिर वही—था-था-थई-था।"

इन्द्र 'था-था-थई' कर ही रहा था कि घर की बुज़ुर्ग नौकरानी आ गई।

"अभी तक खेल ख़त्म नहीं हुआ? नहाने का पानी रख दिया है, ठंडा हो जाएगा, फिर नहीं रखूँगी। आप लोग हीटर तो बनवाते नहीं।"

चचा ने तसहीह की :

"हीटर नहीं चाची, उसे गीज़र कहते हैं।"

"हीटर कहो या गीज़र कहो, एक ही बात है। तीसरी बार पानी नहीं गर्म करूँगी। चलो बेटा...चलो बेटा! जल्दी से नहा लो।"

इन्द्र ने मस्का लगाया :

"पाँच मिनट चाची। चलो, अंकल, जल्दी से गेम ख़त्म करें—आओ।"

चाची बड़बड़ाती सिर का पल्लू ठीक करते चली गई।

''क्या पाँच मिनट, पाँच मिनट...''

चचा-भतीजा का गेम जारी रहा। चचा ने कहा :

''शी मीन्स बिजिनेस दिस टाइम...यार, चाची के दोबारा आने तक की लिमिट है।''
''आपने शादी की होती तो उस रामदासी की बातें क्यों सुननी पड़तीं?''
''नौकरानी होते हुए घर में ये धौंस है, घर में बीवी होती तो सोचो, क्या हाल होता?''
''हाल तो आपका होता, मेरी तो आंटी होतीं।''

पास खड़े आदमी ने दोनों के प्वाइंट्स बताए, जो चचा के ज़्यादा और इन्द्र के कम थे। यह सुनकर इन्द्र बोल पड़ा :

''ओह, नो!''

उसी वक़्त घर का नौकर एक कार्ड लेकर आया और चचा को दिया :

''साहब, आपसे एक आदमी मिलने आया है।''

चचा ने कार्ड देखा और कहा :

''उनसे कह देना, अपनी पेंटिंग लेकर ऑफ़िस आ जाएँ।''
''अच्छा, साहब!''

इन्द्र खेलते-खेलते क़रीब आया और पूछा :

''कौन है ये?''

चचा ने शॉर्ट लगाते हुए कहा :

"एक आर्टिस्ट है। ज़रूरतमंद है बेचारा।"

चाची फिर से आ गई।

"अरे, साढ़े नौ बज गया है! दस बजे दफ़्तर पहुँचना है आप लोगों को कि नहीं? मैं नाश्ता लगाती हूँ। नहाना है तो जाके नहा लो।"

चाची चली गई। अंकल ने लास्ट शॉर्ट लगाया, और इन्द्र को स्टिक देते हुए कहा :

"यू हैव लॉस्ट दि बैट...सँभालिए।"

अंकल बढ़ गए। इन्द्र उन्हें देखता रह गया।

दोनों चचा-भतीजा तैयार होकर ऑफ़िस के लिए निकले। चचाजी ने फिर अपनी धुन में एक राग छेड़ दिया :

"बाजूबंद खुल-खुल जाए..."
"फिर शुरू हो गए?"
"सुन लो...क्लासिकल म्यूज़िक है। तुम भी सीख लो।"
"अंकल, ऑफ़िस जा रहे हैं न?...इसी में आ जाइए। पांडे गाड़ी ले आएगा।"
"नहीं-नहीं, तुम बहुत तेज़ चलाते हो। मुझे डर लगता है।"
"तेज़? वह भी इस फ़ियट में! उस जैसी मर्सीडीज़ लेकर दीजिए, फिर दिखाता हूँ। आइए..."

अंकल कुछ सोचकर इन्द्र की तरफ़ बढ़ गए और हँसकर बोले :

“देखो, अगर फ़ोर्टी से ज़्यादा तेज़ चलाई न, तो यही फ़ियट रहेगी। मर्सीडीज़ लेकर नहीं दूँगा।”

अंकल और इन्द्र दोनों कार में बैठ गए। इन्द्र ने तेज़ी से कार को निकाला।

[2]

इन्द्र और अंकल ऑफ़िस में दाख़िल हुए। सारे स्टाफ़ के लोगों ने खड़े होकर गुड मॉर्निंग कहा। अंकल जवाब देते हुए अपनी केबिन की तरफ़ बढ़े तो एक क्लर्क ने आकर कहा :

“सर, आपसे मिलने के लिए कोई पेंटर आए हैं। मैंने उन्हें अन्दर बिठा दिया है।”
“ठीक है।”

अंकल अपने केबिन में चले गए। वहीं हॉल में इन्द्र की भी टेबल थी। वह कुर्सी पर बैठकर दराज़ खोलकर सिगरेट का पैकेट निकाल रहा था कि इंटरकॉम बज उठा। दूसरी तरफ़ अंकल थे।

“एक मिनट के लिए अन्दर आ जाओ। ये पेंटिंग तो देख लो!”
“अंकल, जब आप मदद करना ही चाहते हो उस आर्टिस्ट की तो ख़रीद लीजिए। मेरी राय की क्या ज़रूरत है?”
“तुम आओ तो सही। दो पेंटिंग की बात चल रही है।”
“अच्छा!”

[3]

अंकल पेंटिंग देख रहे थे, साथ पेंटर भी खड़ा था। एक आधी नंगी औरत की तसवीर थी। इन्द्र भी अंकल के पीछे आकर खड़ा हो गया, और दूसरी तसवीर के बारे में बोला, जो कुछ और है।

"दिज़ इज़ स्टील लाइफ़!"

अंकल बोले :

"मुझे तो ये न्यूड अच्छा लगा।"

यह सुनकर इन्द्र वहाँ से चल पड़ा। अंकल हँस पड़े, और बैठते-बैठते पेंटर से कहा :

"आप बैठ जाइए।"
"शुक्रिया!"

और चेक-बुक निकालकर उस पर लिखना शुरू किया।

[4]

इन्द्र अपनी कुर्सी पर बैठकर फिर सिगरेट हाथ में लेकर जलाने लगा कि अंकल की आवाज़ आई :

"इन्द्र...!"

इन्द्र ने झट से सिगरेट छुपा ली। तब तक अंकल अन्दर आ गए।

"वो तुम्हारे केले ख़रीद लिये मैंने।"
"केले...?"

तभी पीछे से पेंटर की आवाज़ आई। वह केले वाली पेंटिंग दिखाते हुए पूछ रहा था :

"सर, इसे कहाँ रखूँ?"
"गाड़ी में रख दीजिए...दैट स्टील लाइफ़ इज़।"

यह सुनकर दोनों हँस पड़े। अंकल ने इन्द्र को समझाया :

"अच्छा, मैं सेठ राजाराम की ज़मीन देखने जा रहा हूँ। अगले महीने तक ग्राउंड प्लान देना होगा हमें...और तुम मुझे छह बजे विद्दिया हॉल पे मिलोगे।"
"विद्दिया हॉल?"
"भूलो मत बेटा, सुबह-सुबह शर्त हारे हो। आरती सान्याल का डांस प्रोग्राम है वहाँ।"
"आर यू सीरियस अबाउट इट?"
"एज सीरियस एज हर्ट अटैक!"
"अंकल, कहीं इश्क़-विश्क़ का चक्कर तो नहीं?"
"अगर हो भी, तो तुम क्या कर लोगे?"
"नहीं...बात ये है कि मैंने आरती सान्याल के पोस्टर देखे हैं।"
"तो...?"
"आपसे बहुत छोटी लगती है।"
"शटअप!...पहली बार जब रोमांस हुआ, तुम्हारे बाप ने कहा, लड़की बड़ी लगती है और ख़ुद शादी कर ली। अब रोमांस होने से पहले बेटा वार्निंग दे रहा है—लड़की छोटी लग रही है!"

फिर हँसते हुए कहा :

“ओके, सी यू एट सिक्स ओ क्लॉक एट विद्दिया हॉल।”

यह कहकर अंकल बाहर चले गए। इन्द्र ने कुर्सी पर बैठकर सिगरेट जलाई।

[5]

इन्द्र अपनी फ़ियट से विद्दिया हॉल की तरफ़ जा रहा था। इन्द्र की कार में बहुत ऊँचा म्यूज़िक बज रहा था। सड़क के लैम्पपोस्ट पर जगह-जगह आरती सान्याल के पोस्टर्स लगे थे। गाड़ी की रफ़्तार बहुत तेज़ थी। अचानक एक गली से निकलती हुई कार उससे आ टकराई। दोनों कारों में आग लग गई, और धमाके की आवाज़ से लोगों की भीड़ जमा हो गई। कुछ लोग कार के अन्दर के लोगों को निकालने की कोशिश कर रहे थे। आग बढ़ती जा रही थी। एक शोर सारे माहौल पर फैल गया था।

[6]

आरती सान्याल का डांस प्रोग्राम चल रहा था। इन्द्र के अंकल सबसे आगे वाली क़तार में बैठे थे और पास की कुर्सी ख़ाली थी इन्द्र के लिए। प्रोग्राम शुरू हो चुका था।

‘तुम ताना...आ...आ

देरे...ना, धूम कट देद...
नी...सा...'

साज़िन्दों में बैठे गुरुजी तराना गा रहे थे। आरती नाच रही थी। नाचते-नाचते उसका एक घुँघरू टूटकर गिर गया। इन्द्र की जगह अभी तक ख़ाली थी। अंकल को अब बेचैनी होने लगी। बहरहाल रक़्स जारी रहा।

[7]

अंकल अपने ऑफ़िस में बैठे राजा रामजी को उनके घर के नक़्शे के बारे में बता रहे थे :

''अपनी ट्रेडिशन के बग़ैर मॉडर्न होने का कोई मतलब नहीं है, राजा रामजी! आँगन हमारी ट्रेडिशन है। लफ़्ज़ आँगन हमारी ज़िन्दगी का कितना बड़ा हिस्सा है, सोचिए! बेटी ब्याही गई, तो हम कहते हैं–बेटी को आँगन के पार उतार दिया। बच्चा पैदा हुआ तो कहते हैं–आँगन में चिराग़ जला। हमारे आजकल के आर्किटेक्चर में कहाँ है वो क्लासिकल आँगन? जो चीज़ सोच के, सुन के अच्छी लगती है, वो अगर अपने घर में...''

उसी वक़्त फ़ोन की घंटी बज उठी। अंकल ने रुककर फ़ोन उठा लिया :

''हैलो...डॉक्टर, देखिए, मैंने कभी आपको पूछा है कि बिल्डिंग का नक़्शा कैसे बनाया जाता है? तब आप मुझसे क्यों पूछते हैं, उसका इलाज कैसे होगा? इन्द्र को आराम करना या आराम करवाना आपका

काम है, मेरा नहीं है–हुँह...!"

यह कहकर फ़ोन रख दिया, और फिर नक़्शा शुरू हो गया।

"हाँ, तो मैं कहाँ था?"
"आँगन में...!"
"हाँ, ये रहा आँगन। यहाँ से सीढ़ियाँ ख़्वाबगाह की तरफ़ जाती हैं।"
"किस तरफ़?"
"ख़्वाब..."

कहते-कहते रुके। उन्हें समझ में आ गया कि राजा रामजी को ख़्वाबगाह का मतलब नहीं मालूम।

"बेडरूम की तरफ़।"
"ओह!"
"घबराइए नहीं, किसी ग़लत जगह लेकर नहीं जाऊँगा मैं आपको। आख़िर आपका ही तो घर है। तो चलिए इन सीढ़ियों पर।"

फिर फ़ोन की घंटी बजने लगी। फिर बात का सिलसिला टूटा। फ़ोन उठाया।

"हैलो...लुक डॉक्टर, तुम नहीं सँभाल सकते तो चाची से कहो। वो सँभाल लेगी। और वो भी नहीं सँभाल सकती तो, क्लोरोफ़ार्म सुँघा दो और ख़ुद भी सूँघ लो। लेकिन मुझे अपनी सीढ़ियाँ चढ़ने दो।"

इतना कहकर फ़ोन रख दिया और राजा रामजी से फिर बात करने लगे :

"हाँ...तो किस सीढ़ी पे थे हम?"

"ये रही।"

पास पड़े नक़्शे पर राजा रामजी ने निशानदेही की।

"तो ये सीढ़ियाँ? माँडू में बाजबहादुर का गूँज महल देखा आपने?...बिलकुल वही स्टाइल होना चाहिए। ख़्वाबगाह की तरफ़...मतलब बेडरूम की तरफ़ जाते हुए यू फ़ील किंगली...बिलकुल ऐसे महसूस होना चाहिए, जैसे आप अपनी सल्तनत में दाख़िल हो रहे हैं..."

यह सुनकर राजा रामजी का सीना चौड़ा हो गया, और ऐंठ के बैठ गए।

"ये जो क्लासिकल पैटर्न है आपके मकान का..."

फिर फ़ोन की घंटी पुकारने लगी। बहुत झुँझलाकर अंकल ने फ़ोन उठाया। फिर वही डॉक्टर।

"हैलो...डॉक्टर, उसे छोड़ दो, ऑफ़िस में भेज दो। हाँ-हाँ, मैं उसे कहीं बाहर भिजवाने का इंतज़ाम करता हूँ, वरना यहीं बम्बई में ऊधम मचाता रहेगा।"

इतना कहकर अंकल ने फ़ोन रखा। राजा रामजी ने पूछा :

"अब कैसा है इन्द्रजीत?"
"भगवान का शुक्र है, बच गया। बहुत सीरियस एक्सीडेंट था। मुझे डर था, उसके दिमाग़ पर असर न हो। एक हफ़्ते तक बेहोश रहा। मेरे तो हाथ-पाँव फूल गए थे। वो अमजद ख़ान का एक्सीडेंट हुआ था। सुना था आपने?"
"जी..."

"हिज़ वाज इवन वर्स्ट दैन दैट।"
"पाँच-छह महीने तो हो गए होंगे एक्सीडेंट को?"
"छह महीने से ऊपर हो गए।"

फिर से फ़ोन बजा, अंकल ने उठा लिया।

"यस डॉक्टर, वाट इज़ इट नाऊ? गाड़ी क्यों चलाने दी उसे? ...हाँ, अच्छा-अच्छा, कितनी देर हुई निकले? दस मिनट...ठीक है। पाँच मिनट में पहुँच गया तो समझूँगा, वैसा का वैसा ही है, जैसे एक्सीडेंट से पहले था..."

फ़ोन रखा। राजा रामजी बोल पड़े :

"पर आप उसे गाड़ी चलाने क्यों देते हैं? कोई ड्राइवर क्यों नहीं रख लेते?"
"यू सी...आई डोंट वॉट हिम हैव एनी कॉम्प्लेक्स, एक्सीडेंट होना था, हो गया। अब वो नॉर्मल है, अच्छा है। हाँ, तो हम कहाँ थे?"

उसी वक़्त इन्द्र की आवाज़ आई :

"मे आई कम इन अंकल?"
"तू जल्दी ही नॉर्मल हो गया यार! पाँच मिनट भी पूरे नहीं होने दिया!"
"उस डॉक्टर ने लिटा-लिटाकर बोर कर दिया। नमस्ते राजा रामजी। डिज़ाइन देखा आपने?"
"हाँ, अंग्रेज़ी में देखा था। अब उर्दू में महसूस कर रहा हूँ।"

अंकल ने हँसकर कहा :

"मैं नक़ल के हक़ में नहीं हूँ इन्द्र, लेकिन किसी भी ख़ूबसूरत चीज़ को अपना लेने में कोई हर्ज नहीं है।

जैसी लोकेशन है राजा रामजी के घर की और हाँ, जिस तरह का रहन-सहन इन्हें पसन्द है, मेरा ख़याल है, माँडू आपका स्टाइल कहीं-कहीं छिड़क दे तो बहुत अच्छा लगेगा। एक तो ये गेट है। माँडू के बुर्जी दरवाज़े का स्टाइल दें और ये सीढ़ियाँ...''
''माँडू मैंने देखा नहीं है अंकल!''
''तो देखकर आओ यार!''
''आपके यहाँ...माँडू की कोई किताब तो होगी, वही देख लूँगा।''
''दैट इज़ द प्रॉब्लम विद न्यू जेनेरेशन। सारा का सारा पढ़ा हुआ है। महसूस किया हुआ कुछ नहीं। अरे यार, तुम एक बार माँडू देखकर आओ। तुम्हारा पूरा रवैया बदल जाएगा।''

राजा रामजी से कहा :

''आई मीन एटीट्यूट...तुम दो दिन के लिए माँडू जाके आओ। आई प्रॉमिस, यू विल गो इन योर न्यू मैरिड्ज।''
''योर मीन इट?''
''ऑफ़कोर्स!''
इन्द्र ने आगे बढ़कर हाथ मिलाया।
''इट्स अ प्रॉमिस?''
''प्रॉमिस!''

[8]

माँडू शहर। इन्द्र अपनी नई मर्सीडीज़ कार से जा रहा था पहाड़ों से होता हुआ, बुलन्द दरवाज़ा पार करता हुआ। बाज़बहादुर के

हवामहल के पास पहुँचा। वहाँ पहले से एक कार खड़ी थी। इन्द्र ने अपनी भी कार वहीं लगा दी। कार से बाहर निकल रहा था कि एक गाने की आवाज़ कानों से टकराई। किसी औरत की आवाज़ थी जो महल के अन्दर से आ रही थी :

'नाम...गुम जाएगा
चेहरा ये बदल जाएगा
मेरी आवाज़ ही पहचान है
गर याद रहे...'

इन्द्र आवाज़ का पीछा करते हुए महल के अन्दर बढ़ा। गलियारों से होता हुआ सीढ़ियाँ चढ़ता गया और गुम्बद के पास जा पहुँचा। हवा बहुत तेज़ थी। हवा के साथ उड़ता कुछ लिखा हुआ काग़ज़ इन्द्र के पास आकर गिरा। इन्द्र ने वह काग़ज़ उठाया तो सामने से एक लड़की बाक़ी काग़ज़ जमा करती आ रही थी, जो हवा से उड़ गए थे। इन्द्र ने वह काग़ज़ भी उसे दे दिया। वह लड़की मशहूर डांसर आरती थी।

''थैंक्यू!''
''वेलकम...आप राइटर हैं?''
''नहीं...किसी और का लिखा हुआ है।''
''क्या है...नॉवल है?''
''इट्स अ हिस्ट्रीकल नॉवल!''

आरती इतना कहकर जाने लगी। कुछ आगे बढ़ गई थी कि इन्द्र ने फिर पुकारा :

''सुनिए!''

वह ख़ुद आरती के क़रीब पहुँचा।

''आपकी ये रह गई थी। क्या कहते हैं इसे– गुलछड़ी...''
''गुलछड़ी नहीं, प्रांदी। थैंक्यू!''
''वेलकम!''

आरती अपनी प्रांदी लेकर चली गई।

[9]

माँडू का एक गेस्ट हाउस। मैनेजर माचिस की तीली से दाँत खोद रहा था। पास ही इन्द्र खड़ा था। उसने पूछा :

''मुर्ग़ी?''
''मिलेगी। मिलती है भई। यहाँ से दो-चार मील नीचे की तरफ़ चले जाओगे न, तो कहीं जाके मिलेगी एक मुर्ग़ी।''
''एक मुर्ग़ी?''
''वो भी मिल जाए। लेकिन पकाओगे कैसे? दो मील और आगे चले जाओगे, मसाला मिलेगा।''
''आप इस गेस्ट हाउस में कुछ रखते नहीं हैं?''
''गेस्ट हाउस नहीं, रेस्ट हाउस।''
''हाँ...हाँ, वही। मेरा मतलब है कि आप लोग इस रेस्ट हाउस में कुछ रखते नहीं हैं? कितने टूरिस्ट आते हैं यहाँ पर?''

यह सुनकर मैनेजर हँस पड़ा :

''जो भी बचाकर रखते हैं, वही तो इतिहास बन जाता है यहाँ पे। हमको लगता है, हम भी बाज़बहादुर

के ज़माने से बैठे हैं।"

"जी हाँ, वो तो लगता है।"

इन्द्र वहाँ पड़े रजिस्टर में अपना नाम लिखने लगा। उसी वक़्त बुज़ुर्ग-सा आदमी छड़ी टेकता आया और मैनेजर से पूछा :

"घोष बाबू, यहाँ से बम्बई टेलीफ़ोन किया जा सकता है?"

"फ़ोन...?"

"हाँ!"

"किया क्यों नहीं जा सकता! सरकार ने इन्तज़ाम तो सारे किए हैं। लेकिन बम्बई पहुँचता है कि नहीं, पता नहीं...ख़ैर, आप नम्बर दीजिए, मैं ट्राई करता हूँ।"

इन्द्र चला गया।

"मैं नम्बर यहाँ लिख देता हूँ।"

[10]

इन्द्र गेस्ट हाउस के बाहर निकला तो वहाँ पहले से आरती खड़ी थी। वह उसके पास आ गया।

"हैलो!"

"हैलो!"

"यहाँ ठहरी हैं आप?"

"हाँ!"

"एक बात पूछना चाह रहा था आपसे...डिस्टर्ब तो नहीं कर रहा?"

"नहीं, नहीं!"
"आपका चेहरा काफ़ी जाना-पहचाना-सा लगता है। वो मशहूर डांसर हैं आरती सान्याल...उनसे काफ़ी मिलता है आपका चेहरा।"
"अच्छा?...मैं आरती सान्याल हूँ।"
"अरे देखा...तब से ये बात डिस्टर्ब कर रही थी मुझे। दरअसल मेरे अंकल आपके बहुत बड़े फ़ैन हैं।"
"अच्छा!"
"आज से छह महीने पहले वो विद्दिया हॉल में आपका प्रोग्राम हुआ था न...आपका वो प्रोग्राम मैं देखने जा रहा था कि..."

इस बीच वही बुज़ुर्ग शख़्स आ पहुँचे।

"आरती बेटा, यहाँ से टेलीफ़ोन मिलना बड़ा मुश्किल है। पता नहीं, कब मिले! ऐसा करता हूँ, पोस्ट ऑफ़िस चलकर एक तार दे देता हूँ तेरी माँ को।"
"ठीक है, दादूजी! दादूजी, आप..."

आरती ने इन्द्रजीत की तरफ़ इशारा किया कि वह ख़ुद बोल पड़ा :

"इन्द्रजीत...बम्बई से आया हूँ। आरती जी को पहचानकर मिलने चला आया उनके पास।"
"अच्छा-अच्छा, डांस देखा होगा उसका?"
"जी नहीं। एक मौक़ा मिला था देखने का, लेकिन देख नहीं सका। सिर्फ़ पोस्टर ही देखकर रह गया।"
"अरे बेटा, इस लड़की का डांस देखा होता तुमने तो तुम समझते!"
"आइंदा मौक़ा मिलेगा तो ज़रूर देखूँगा।"

"अरे, अब तो इसने छोड़ ही दिया, नहीं तो..."
"छोड़ दिया मतलब?"
"क्या बताऊँ तुम्हें! ऐसी एक घटना हो गई थी...।"
"चलिए न दादूजी...पता नहीं, यहाँ पोस्ट आफ़िस अभी तक खुला भी है कि नहीं!"
"चलो बेटा, चलो...अच्छा!"

दादू और आरती एक तरफ़ चले गए। इन्द्र अपने कमरे की तरफ़ बढ़ गया।

[11]

इन्द्र अपने गेस्टरूम में आया। खिड़की खोली, बाहर दूर तक पहाड़ियाँ नज़र आ रही थीं। पास रखे सूटकेस को खोल ही रहा था कि बाहरी दरवाज़े से कोई झाँकता हुआ दिखा। इन्द्र ने पूछा :

"क्या है?...कौन हो तुम?...क्या चाहिए?"
"गाइड चाहिए? मैं यहाँ का गाइड हूँ।"
"अन्दर आओ।"

गाइड कमरे में आया और खड़ा-खड़ा टाँग हिलाने लगा।

"नमस्ते साहब!"
"नमस्ते। हिल क्यों रहे हो?"
"नहीं!"
"क्या नाम है तुम्हारा?"
"पन्नालाल। मैं यहाँ का बहुत पुराना गाइड हूँ।"

"अच्छा! क्या-क्या जानते हो इस जगह के बारे में?"

"सभी कुछ जानता हूँ। बाज़बहादुर के यहाँ आने से लेकर आपके आने तक–सब कुछ।"

"कौन-कौन-सी जगहें हैं यहाँ देखने के क़ाबिल?"

"सुबह चलिए न...सब कुछ दिखा लाऊँगा। जहाँ-जहाँ भाई साहब ने पाँव रखा है, वहाँ-वहाँ का इतिहास हमें मालूम है।"

"भाई साहब?...ये भाई साहब कौन हैं?"

"भाई साहब? भाई साहब मतलब–बाज़बहादुर! क्या है कि साहब, बाज़बहादुर मुझे बिलकुल अपने बड़े भाई जैसे लगते हैं। सुबह चलिए न, सब दिखा लाऊँगा।"

इन्द्र गाइड की बातें सुनकर हँसने लगा।

"अशरफ़ी महल, दर्शन महल, जहाज़ महल, गूँज महल..."

[12]

दूसरे दिन सुबह का वक़्त था। गाइड इन्द्र को बाज़बहादुर के महलों को दिखा रहा था और उनके बारे में मनगढ़ंत कहानी सुना रहा था :

" 'गूँज महल'–अगले ज़माने में यहाँ दाई रहा करती थी। उससे जो पूछो, सही जवाब देती थी। आज भी देती है।"

गाइड ने गूँज महल की तरफ़ देखते हुए ज़ोरों से चिल्लाकर पूछा :

“दाई माँ, एक बात बताओ...”

एक गूँज वापस आई :

“बताओऽऽ...बताओऽऽऽऽ...”
“हमारे साहब आए हैं, वो बुरे हैं कि अच्छे हैं?”

जुमले का आख़िरी हिस्सा गूँजकर लौट आया :

“अच्छे हैंऽऽ...अच्छे हैंऽऽ...अच्छे हैंऽऽऽऽ...”

गाइड फ़ौरन बोला :

“देखा साहब, कितना सही-सही जवाब मिलता है!”

इन्द्र ने उसी तरह चिल्लाकर पूछा :

“ये गाइड अच्छा है कि बुरा है?”

गूँज आई :

“बुरा हैऽऽ...बुरा हैऽऽ...बुरा हैऽऽऽ...”

इन्द्र ने पूछा :

“बुरा है...अब?”
“दाई माँ, बुरा हूँ कि अच्छा हूँ?”

गूँज पलटी :

“अच्छा हूँऽऽ...अच्छा हूँऽऽ...अच्छा हूँऽऽ...”
“देखा? आइए, आगे चलते हैं।”

इन्द्र गाइड के पीछे मुस्कुराता हुआ चलने लगा। गाइड एक दूसरे महल में ले गया। इन्द्र महल के मीनारों और गुम्बदों की तसवीरें खींच रहा था।

“साहब, आपको मालूम है, ये कौन-सी जगह है?”

"नहीं!"
"ये वो जगह है, जहाँ भाई साहब रानी रूपमती का नाच देखा करते थे।"
"रूपमती नाचा कहाँ करती थी? वो तो गाया करती थी!"
"बात एक ही है—नाचती थी या गाती थी। यहाँ भाई साहब का दरबार लगता था, और वो उसमें गाया करती थी।"
"देखो पन्ना!...रूपमती बहादुर की बीवी थी न, दरबार में क्यों गाएगी?"
"साहब, आप बहुत सवाल करते हैं। हिस्ट्री में क्या है कि सवाल नहीं करते। आगे चलिए।"

गाइड इन्द्र को एक और महल में ले गया। फिर वहाँ के बारे में बताने लगा।

"बहार के दिनों में जब रूपमती फूलों का सिंगार करके आती थी, भाई साहब का दिल बाग़-बाग़ हो जाया करता था।"

दीवार पर फ़ारसी में कुछ लिखा था, जिसे पढ़कर गाइड ने उसका मतलब बताया :

"दर हलक़ा बुगल व मुल, ख़्वान्दोश बुलबुल—मतलब, बुलबुल जब यहाँ आती थी, बाग़ में बहार आ जाती थी। आइए, आगे चलिए।"

गाइड आगे बढ़ गया। इन्द्र वहीं खड़ा हो गया और गाइड को पुकारा :

"ओ पन्नालाल...इधर आ।"
"हाँ..."
"वो बुलबुल वाला शेर कहाँ लिखा है?"

"यहाँ दर हलक़ा...आपको फ़ारसी आती है?"
"आती है।"
"आती है, तो यहाँ नहीं, कहीं और होगा। आगे आइए।"

यह सुनकर इन्द्र ज़ोरों से हँसने लगा। तभी आरती दादू के साथ वहाँ पहुँची। उसने इन्द्र से पूछा :

"क्या लिखा है यहाँ पे?"
"नमस्ते, दादूजी!"
"जीते रहो बेटा!"

आरती ने फिर पूछा :

"ये फ़ारसी में क्या लिखा है?"
"मुझे तो फ़ारसी नहीं आती।"
"लेकिन अभी तो आप कह रहे थे कि..."
"गाइड से? वो तो मैं यूँ ही कह रहा था, क्योंकि मैं जानता हूँ, उसे भी फ़ारसी नहीं आती। यूँ ही फेंक रहा है।"

दादू ने आरती से कहा :

"तुझे तो मालूम होगा?"
"देखिए, फ़ारसी तो मुझे भी नहीं आती है, लेकिन मेरा ख़याल है, आदम ख़ाँ की फ़तेह के बाद अकबर जब यहाँ आया था, उसी की तारीख़ यहाँ लिखवा दी गई है।"
"देखा..."

इन्द्र हँस पड़ा आरती के ज्ञान पर। और फिर वे लोग महल के उस कमरे में पहुँचे जहाँ से रूपमती नर्बदा के दर्शन करती थी।

आरती बताने लगी :

"ये वो जगह है जहाँ रूपमती नर्बदा के दर्शन करने आया करती थी। यहाँ से देखें तो दूर नर्बदा नज़र आएगी आपको।"
"आप बहुत कुछ जानती हैं इस जगह के बारे में!"

दादू बोल पड़े :

"अरे, ये तो यहाँ के दरवाज़े और खिड़कियों की हिस्ट्री तक बता सकती है। यही तो रूपमती थी उस जन्म में, चन्दन बाज़बहादुर!"
"चन्दन कौन?"

आरती ने बात को टालते हुए कहा :

"चलिए दादू!"

सब दूसरी तरफ़ चल दिए। दादू के पैरों में तकलीफ़ थी। वह लँगड़ा-लँगड़ा के चल रहे थे। एक जगह सीढ़ियाँ आईं जो बुर्ज की तरफ़ जा रही थीं, तो दादू ने कहा :

"इस लड़की ने मुझ बूढ़े को चला-चला के थका दिया। अब ये सीढ़ियाँ मैं नहीं चढ़ सकता।"
"तो आप यहाँ ठहरिए, हम जाते हैं।"

पास खड़े गाइड को इन्द्र ने कहा :

"देखो भाई पन्नालाल, हमें असली गाइड मिल गई हैं। आप बाहर गाड़ी में चाय रखी है, दादू को लाकर पिलाओ। ...चलिए, चलिए।"

आरती और इन्द्र सीढ़ियाँ चढ़ गए और महल की छत पर आ पहुँचे, जहाँ से बहुत दूर-दूर

तक का नज़ारा दिखाई देता था। आरती ने बताया :

"वो नर्बदा देख रहे हैं आप? रूपमती राजा निहाल की बेटी थी। रोज़ पूजा करने के लिए वहाँ आया करती थी। और बाज़बहादुर ने भी वहीं पे देखा था उसे। देखा नहीं, सुना था, और उसकी आवाज़ पे मोहित हो गया था। बाज़बहादुर ख़ुद भी बहुत अच्छा गाया करता था।"

इन्द्र बीच-बीच में कैमरे से आरती की तसवीर भी खींच रहा था।

"कहते हैं, राजा निहाल ने उसे गाने के मुक़ाबले के लिए माँडू भेजा था, लेकिन ये सच नहीं है।"

"सच क्या है?"

"दोनों में प्यार हो गया था और वो भाग आई थी बाज़बहादुर के साथ।"

"आपको कैसे मालूम...सच कौन-सा है?"

"पढ़ा है।"

"हिस्ट्री में?"

"नहीं, एक रिसर्च वर्क में पढ़ा है। कल जो पढ़ रही थी मैं, और काग़ज़ उड़ गए थे..."

"हाँ-हाँ, किसने लिखा है?"

कुछ सोचते आगे बढ़ी और नम्र आवाज़ में कहा :

"चन्दन आर्या!"

"कौन है वो? आपके दादूजी भी नाम ले रहे थे!"

"वह अब नहीं हैं, प्रोफ़ेसर थे हिस्ट ्री के। बहुत रिसर्च के बाद ये किताब लिखी थी। लेकिन पब्लिश नहीं करवा सके।"

एक ख़ामोशी का वक़्फ़ा गुज़रा :

"वो जो हौज़ नज़र आता है न, वहाँ नर्बदा का पानी है। रूपमती को पूजा के लिए रोज़ नर्बदा तक जाना पड़ता था। कहते हैं, बाज़बहादुर ने एक दिन ख़्वाब में देखा कि उसके नीचे नर्बदा बह रही है। जैसे ही आँख खुली, उसने ज़मीन खोदनी शुरू कर दी। अपने हाथों से उसने रूपमती के लिए हौज़ खोदा।"
"ये कहते हैं, लेकिन सच क्या है? चन्दन आर्या क्या लिखते हैं?"
"ख़ुद नहीं खोदा, मज़दूरों से खुदवाया था। बादशाह था न, इसलिए रूपमती को इम्प्रेस करने के लिए दो-चार फावड़े चलाए होंगे।"
"ये भी किताब में लिखा है?"

आरती खुल के हँस पड़ी और 'नहीं' में सिर हिलाया, और फिर वे सीढ़ियाँ उतरने लगे—नीचे, जहाँ दादू और गाइड उनका इन्तज़ार कर रहे थे।

"आप किताब क्यों नहीं छपवा देतीं?"
"इसलिए तो यहाँ आई हूँ। यहाँ की तसवीरें लेने।"

दादू बोले :

"अब चलोगे नहीं तुम लोग? थके नहीं क्या?"

इन्द्र ने कहा :

"थक तो गए हैं दादूजी...क्यों भई पन्नालाल, दादूजी को चाय पिलाई कि नहीं?"
"पिलाई!"
"हमें नहीं पिलाओगे?"
"पिलाऊँगा।"

"पियोगी न?"
"हूँ!"
"तो चलिए, वहाँ बैठते हैं।"

पन्नालाल चाय लेने गया। आरती और इन्द्र पास ही के चबूतरे पर बैठ गए।

[14]

आरती खँडहर की तसवीर खींच रही थी। इन्द्र कुछ दूरी पर खड़ा था। पन्नालाल एक चाय से भरा थर्मस लेकर इन्द्र के पास आया।

"साहब, चाय पियोगे?"
"लाओ।"

इन्द्र पन्नालाल के हाथ से चाय का थर्मस लेकर आरती की तरफ़ चल दिया।

"लीजिए, चाय पी लीजिए।"
"आप पीजिए।"
"आप लीजिए न, मैं लेता हूँ।"

और गाइड से कहा :

"पन्नालाल, एक गिलास लेकर आओ।"
"साहब, एक तसवीर खींच देंगे, मेमसाहब के साथ? बाद में आपके साथ भी खिंचवा लूँगा।"
"पहले मेम साहब से जाकर पूछ लो।"
"मैं..."

आरती ने कुछ सुन लिया, और पूछा :

"क्या...?"
"पन्नालाल आपके साथ तसवीर खिंचवाना चाहता है।"
"क्यों..?"
"नहीं...मेम साहब, टूरिस्टों को दिखाऊँगा, खँडहर..."
"चल, आ जा।"

पन्नालाल झट से जाकर आरती के पास खड़ा हुआ और शक्ल कुछ ऐसी बनाई कि आरती ने बड़ी मुश्किल से अपनी हँसी रोकी। इन्द्र कैमरा लेकर बोला :

"मुस्कुराओ पन्नालाल!"

पन्नालाल ने दाँत निकाल दिये, और अकड़ गया। इस बार आरती की हँसी रुक नहीं पाई। इन्द्र ने फिर कहा :

"पन्नालाल, रिलैक्स!"
"बहुत हो गया साहब, जल्दी करो न?"

इन्द्र ने तसवीर खींची।

"हो गया।"

आरती खड़ी होने लगी। इन्द्र बोल पड़ा :

"आप वहीं रहिए। आपकी तसवीर लेता हूँ।"
"ऊँहुँ...आप यहाँ आइए। मैं लेती हूँ।"

आरती उस जगह पर आ गई, जहाँ इन्द्र खड़ा था। इन्द्र आरती की जगह पर बैठ गया। वैसा ही एक पोज़ बनाया। पास रखे कप को उठा लिया, जिसमें आरती चाय पी रही थी। आरती ने मज़ाक किया :

"मुस्कराइए–रिलैक्स!"
"देखिए, आप मुझे नर्वस कर रही हैं।"
"चलिए, कोई अच्छा-सा पोज़ बनाइए।"

पास पड़े चाय के कप को उठाकर चुस्की लेकर कहा :

"आप एक्शन में तसवीर लीजिए।"

आरती बोली :

"अरे-अरे, ये चाय जूठी थी, मैंने पी थी!"
"अब क्या होगा? अब तो तसवीर भी जूठी हो जाएगी।"
"मेरा क्या, आपका धर्म भ्रष्ट होगा।"

आरती ने जैसे ही हाथ बढ़ाया कप पकड़ने के लिए, इन्द्र ने कहा :

"अब आप अपना धर्म क्यों भ्रष्ट कर रही हैं? मैं भी अछूत हूँ।"

आरती खुलकर हँस पड़ी।

[15]

इन्द्र और आरती जहाज़ महल से घूमकर दूसरी जगह कार में जा रहे थे। इन्द्र आदतन गाड़ी तेज़ चला रहा था। पहाड़ी रास्ता था। मोड़ पर इन्द्र ने तेज़ी से मोड़ मोड़ा तो आरती कह बैठी :

"प्लीज़, ज़रा आहिस्ता चलाइए! मुझे घबराहट होती है।"

"आई एम सॉरी!"

फिर दूसरे मोड़ पर उसी तेज़ी से मोड़ काटा। आरती की दबी चीख़ :

"प्लीज़!"
"आई एम सॉरी अगेन! लेकिन क्या करूँ, मोड़ ही ऐसा था। घबराइए मत, इतना बुरा ड्राइवर नहीं हूँ मैं।"
"नहीं-नहीं, ये बात नहीं है...वैसे इन टायरों की आवाज़ से डर लगता है।"
"क्यों?"
"ऐसी घटना हुई है न, मेरे साथ, इसलिए...।"
"क्या हुआ था?"
"चन्दन जी...मोटर एक्सीडेंट में...गुज़र गए थे।"
"चन्दन जी कौन थे आपके?"
"हमारी शादी होने वाली थी। शादी से पाँच रोज़ पहले...मेरा प्रोग्राम था बॉम्बे में–विद्दिया हॉल में।"
"विद्दिया हॉल में?"

विद्दिया हॉल का नाम सुनकर इन्द्र का माथा ठनका :

"और प्रोग्राम में आते-आते...रास्ते में ही..."
"कब की बात है?"
"क़रीब छह महीने।"

इन्द्र को अपना एक्सीडेंट याद आया।

"कहाँ हुआ था ये एक्सीडेंट?"
"जेजे रोड पे!"
"शाम के छह बजे?"
"हाँ!"

यह सुनकर इन्द्र किसी ख़याल में खो गया। घबरा के जल्दी से अगला मोड़ काटा और कुछ दूर ले जाकर गाडी खड़ी कर दी।

"माफ़ कीजिए, एक पल के लिए ध्यान चूक गया था। चन्दन जी क्या ख़ुद ही कार चला रहे थे?"
"हाँ, चन्दन उसी दिन गाड़ी लेकर आए थे। उसी दिन ख़रीदी थी उन्होंने। मैं कमरे से निकल रही थी कि कार की आवाज़ सुनकर रुक गई।"

आरती माज़ी में उतरती चली गई।

[16]

चन्दन आरती के घर आया था। हॉल में पहुँचकर इधर-उधर देखा, फिर पुकारा :

"टिम्कू...ओ टिम्कू की बच्ची?"

ऊपर कमरे से आरती बोलती हुई आ रही थी :

"सुबह से कई बार फ़ोन कर चुकी हूँ, कहाँ चले गए थे? गुरुजी दो बार आकर चले गए। मुझे रिहर्सल पर जाना था, और तुम तो कोई ज़िम्मेदारी..."

चन्दन ने एक चाबी आरती की तरफ़ उछाली। आरती ने उसे लपक लिया और वापस चन्दन की तरफ़ उछाल दी। चन्दन ने फिर चाबी आरती की तरफ़ उछाल दी। आरती ने पूछा :

"कहाँ चले गए थे सुबह-सुबह?...ये चाबी बार-बार

क्यों फेंक रहे हो?''
''ये मेरी गाड़ी की चाबी है।''
''अरे...! गाड़ी ले ली? कहाँ है?''
''बाहर खड़ी है। देखो जाकर।''

ख़ुशी से आरती बाहर की तरफ़ लपकी और पीछे चन्दन।

[17]

बाहर एक हरे रंग की नई कार खड़ी थी, जिसे देखकर आरती बोल पड़ी :

''ब्यूटीफुल!''

आरती कार में बैठ गई और बच्चों की तरह हॉर्न बजाने लगी।

''बहुत ख़ूबसूरत है।''
''अय-अय, क्या कर रही हो? बैटरी डाउन करनी है?''
''अरे वाह, इतना-सा हॉर्न बजाने से बैटरी डाउन हो जाएगी? मैं तो बजाऊँगी।''

आरती फिर से हॉर्न बजाने लगी।

''ओह-हो! क्या कर रही हो?''
''आज तो प्रोग्राम पर इसी में जाऊँगी।''
''क्यों, बाप की गाड़ी है?''
''हाँ, पिताजी की।''
''क्या मैं तुम्हारा बाप लगता हूँ?''
''बात तो ऐसी ही करते हो। बोलो, आज प्रोग्राम में ले चलोगे कि नहीं?''

"आज नहीं। दो-चार दिन ठहर जाओ, शादी हो जाए..."

कहते-कहते आरती को खिसकाकर वह ड्राइविंग सीट पर बैठ गया।

"फिर तो प्रोग्राम पर हमीं लेकर जाएँगे।"

"आज क्यों नहीं?"

"आज मुझे दो-चार ज़रूरी काम हैं। लेकिन मैं ठीक छह बजे विद्दिया हॉल पहुँच जाऊँगा।"

"मालूम है, आज आरती का आख़िरी प्रोग्राम है?"

"क्यों, आख़िरी क्यों?"

"इसके बाद तो मिसेज़ चन्दन आर्या डांस किया करेगी।"

"ओह, मैं समझा था, तुम डांस छोड़ रही हो।"

"तुम कहो तो छोड़ दूँ?"

"मैं डांस छोड़ने के लिए क्यों कहूँगा, प्राण छोड़ने के लिए क्यों न कहूँ?"

"मेरी मौत की बात बड़ी आसानी से कर लेते हो तुम!"

"तो इसमें मुश्किल क्या है? आसान काम है, आसानी से हो जाता है।"

"तुम्हें कोई दुख नहीं होगा मेरे मरने का?"

"भई, दुख किस बात का? मर गए सो मर गए!"

"तुम चाहते हो न, मैं मर जाऊँ, तुम कोई दूसरी ढूँढ़ लो?"

"नहीं तो क्या सारी उम्र कुँवारा बैठा रहूँगा? कोई न कोई तो ढूँढ़नी ही पड़ेगी।"

"चलो, जाओ, कोई दूसरी ढूँढ़ लेना। और आज..."

कहते हुए कार से निकल गई।

"प्रोग्राम पर भी मत आना।"

चन्दन ने कार स्टार्ट की और तेज़ी से निकला। आरती ने टायर की चू-चू आवाज़ पर कान बन्द कर लिये।

"कितनी तेज़ चलाते हैं!"

[18]

इन्द्र को अपनी आपबीती कहानी सुना रही थी आरती।

"स्टेज पर प्रोग्राम शुरू हो रहा था, और उस दिन वो मेरा डांस शुरू होने तक नहीं पहुँचे थे।"

अचानक विंग में किसी की आवाज़ सुनाई पड़ी :

'माँ जी...माँ जी...चन्दन जी का बहुत सीरियस एक्सीडेंट हो गया, उन्हें बॉम्बे हॉस्पिटल ले गए।'

आरती आख़िरी तोड़े पर नाचती रही। उसका एक घुँघरू टूटकर दूर जा गिरा, और उसी पर आरती की नम होती हुई आवाज़ :

"उसके बाद, एक पल के लिए भी वहाँ नहीं रुकी, वैसे ही डांस ख़त्म करके हॉस्पिटल पहुँची। हॉस्पिटल पहुँचते ही मालूम हुआ, वो वहीं स्पॉट पे..."

बताते-बताते आरती की आँखें आँसुओं से भीग चुकी थीं, और वह वहाँ से चल दी। उन्हीं खँडहरों के बीच इन्द्र खड़ा सोच रहा था कि कहीं वह तो उस वाकये के लिए दोषी नहीं है?

[19]

माँडू का डाकघर, जहाँ इन्द्र फ़ोन करने पहुँचा बम्बई के लिए।

''बाबूजी, वहीं गेस्ट हाउस से क्यों नहीं कर लिया आपने?''

''वहाँ बहुत सारे लोग हैं, और न जाने कितना टाइम लगेगा! चार घंटे तो हो गए इन्तज़ार करते।''

''कोशिश तो बहुत कर रहा हूँ।''

तभी पास रखे फ़ोन की घंटी बजी। पोस्टमैन ने फ़ोन उठा लिया और बात करने लगा :

''हैलो...हैलो...जी, बॉम्बे...जी, बाबूजी, आपका फ़ोन।''

इन्द्र ने पास रखे दूसरे फ़ोन को जल्दी से उठाया :

''हैलो...हाँ, अंकल, मैं इन्द्र बोल रहा हूँ। कैसे हैं आप?''

''मैं तो अच्छा हूँ, तुम सुनाओ, कैसा लग रहा है माँडू?''

''बहुत अच्छा किया जो यहाँ चला आया।''

''क्यों, कोई रूपमती मिली है क्या? तो वापस अकेले आ रहे हो या दोनों...?''

''अंकल, एक बात बताइए, जिस कार से मेरा एक्सीडेंट हुआ था, उसमें कौन था?''

''क्यों?''

''कोई मर गया था उस एक्सीडेंट में?''

यह सुनकर अंकल एक पल को चुप हो गए और सोचने लगे।

“आप चुप क्यों हैं? बोलते क्यों नहीं?”

“अरे भाई, हुआ क्या? तुम्हें एक्सीडेंट की फ़िक्र क्यों लगी है?”

“यूँ ही पूछ रहा था। कोई ज़िक्र कर रहा था, इसलिए।”

“हाँ, चोट तो बहुत आई थी।”

“देखिए अंकल, आप झूठ मत बोलिए। सच-सच बताइए, वह वहीं स्पॉट पे मर गया था न?”

“हाँ; लेकिन ग़लती उसी की थी।”

“मैं ग़लती की बात नहीं कर रहा हूँ। आपने मुझे बताया क्यों नहीं?”

“अरे, उसमें बताने जैसी कौन-सी बात थी?”

“क्यों नहीं?”

“अरे भाई, हुआ क्या?...कौन है जिसने तुमसे पूछा है? किसी मुश्किल में तो नहीं पड़ गया तू? नहीं तो मैं आता हूँ कल ही।”

“नहीं-नहीं, आने की ज़रूरत नहीं है।”

“अच्छा...अच्छा...”

अंकल सोच में पड़ गए।

[20]

पोस्ट ऑफ़िस से निकलकर इन्द्र गेस्ट हाउस पहुँचा। अपने कमरे की तरफ़ बढ़ रहा था कि देखा, लॉन में आरती चाय पी रही थी। वह उसके पास चला आया। आरती ने पूछा :

“अरे, कहाँ चले गए थे आप? दादूजी खाने पे आपका इन्तज़ार कर रहे थे।”

"क्या हुआ कि मैं..."

इन्द्र अपने-आपको आरती का दोषी समझ रहा था। वह कुर्सी पकड़कर कुछ कहना चाहता था।

"बैठिए न! कॉफ़ी पियोगे?"
"जी!"
"कुछ परेशान लग रहे हैं?"
"जी नहीं, परेशान नहीं हूँ मैं।"
"थके हुए हैं?"
"नहीं, बात ये है कि..."
"कुछ सोच रहे थे?"

आरती हँस पड़ी। कुछ न समझते हुए इन्द्र ने पूछा :

"क्या हुआ?"
"एक बार चन्दनजी के घर गई हुई थी। चन्दनजी को आप जानते हैं, वो ऐसे ही बैठे थे।"
"कुछ खोए-खोए से लग रहे थे?" इन्द्र ने पूछा।

[21]

आरती की आँखों में वह समय लहरा गया जब चन्दन अपने घर में खिड़की के पास उदास मन से बैठा हुआ था। आरती वहाँ पहुँची तो उसे देखकर पूछा :

"क्या हुआ?...परेशान लग रहे हो?"
"नहीं तो..."
"थके हुए हो?"

“नहीं...”

आरती चन्दन के क़रीब जा बैठी और उसके सिर को सहलाने लगी :

“सो रहे थे?”
“ख़्वाब देख रहा हूँ।”
“क्या ख़्वाब देख रहे हो?”
“एक ही ख़्वाब, कई बार देखा है मैंने, तुमने साड़ी में अड़स ली हैं मेरी चाबियाँ घर की और चली आई हो बस यूँ ही, मेरा हाथ पकड़कर!”
“ये कविता है?”
“और नहीं तो क्या है?”
“लगता है, चिट्ठी पढ़ रहे हो।”
“चिट्ठी और कविता में क्या फ़र्क़ होता है?”
“चिट्ठी चिट्ठी है, कविता कविता होती है। चिट्ठी तो पढ़ सकते हैं और कविता...”
“और कविता पढ़ नहीं सकते?”
“तुम तो ख़्वामहख़्वाह बहस करते हो। ...हाँ, देखो, कविता गा सकते हैं न, और चिट्ठी तो नहीं गा सकते?”
“अगर यही चिट्ठी मैं गाकर सुना दूँ तो?”

कुछ सोचकर चन्दन आरती की कमर में से चाबियों का गुच्छा निकालकर गुनगुनाने लगा :

‘एक ही ख़्वाब,
कई बार देखा है मैंने
तुमने साड़ी में अड़स ली हैं
मेरी चाबियाँ घर की
और चली आई हो
बस यूँ ही, मेरा हाथ पकड़कर!

एक ही ख़्वाब,
कई बार देखा है मैंने
मेज़ पर फूल, सजाते हुए
देखा है कई बार...
और बिस्तर से
कई बार जगाया है तुमको
चलते-फिरते तेरे क़दमों की
वो आहट भी सुनी है
एक ही ख़्वाब,
कई बार देखा है मैंने...'
"चिट्ठी है या कविता?"
"अभी तक तो कविता है—ला...ला...ला..."

आरती नहाकर गीले बालों के साथ चन्दन के पास आई तो वह सो रहा था। आरती ने अपने बालों के पानी को चन्दन पर छिड़का। वह जाग उठा और गाने लगा :

'ऊँहुँ...
निकली है नहा के जब भी
अपने भीगे हुए बालों से टपकता पानी
मेरे चेहरे पे छिटक देती है
तू टिम्कू की बच्ची
एक ही ख़्वाब,
कई बार देखा है मैंने...'

ताश खेल रहे थे आरती और चन्दन।

'ताश के पत्तों पे
लड़ती है कभी खेल में मुझसे
और कभी लड़ती भी है ऐसे कि बस
खेल रही है मुझसे

और आग़ोश में नन्हे को लिये...'

आरती कह उठी :

"विल यू शटअप!"

फिर लड़ते हुए, हँसते हुए, खेलते हुए दोनों बाहर बाग़ीचे में पहुँचे, जहाँ एक झूला लगा हुआ था। उस पर बैठकर झूलने लगे, और दोनों मिलकर गुनगुनाने लगे :

'और जानती हो टिम्कू...जब तुम्हारा ये ख़्वाब देखा था।
अपने बिस्तर पे मैं, उस वक़्त पड़ा जाग रहा था!!'

[22]

माज़ी में भीगती हुई आरती उसी तरह इन्द्र के सामने बैठी हुई थी कि इन्द्र ने बेअख़्तियार कहा :

"कितनी ज़िन्दादिली..."

उसी वक़्त दादू आ गए यह कहते हुए :

"अरे भई, तुम लोगों को सोना-वोना नहीं है क्या? बैठे-बैठे रात हो गई है। डर-वर नहीं लगता?"

आरती ने पूछा :

"डर! किस बात का?"
"लो! अरे भई, खँडहर है, एकान्त जगह है, कोई भूत-वूत..."

"दादू जी! आप इतने बड़े होकर भूत से डरते हैं?"
"अरे भई, भूत तो भूत ही है। इसमें बड़े-छोटे का क्या सवाल है, क्यों इन्द्र?"

आरती हँस पड़ी और उठकर दादू के साथ चली गई।

"गुड नाइट!"

इन्द्र के चेहरे पर वही ख़ामोश उदासी। इन्द्र चुपचाप उठकर अपने कमरे की तरफ़ बढ़ गया।

[23]

दूसरे दिन सुबह-सुबह इन्द्र गुलछड़ी के फूल लेकर आरती के कमरे की तरफ़ आया और दरवाज़ा खटखटाकर कहा :

"गुड मॉर्निंग!"
"अरे, ये गुलछड़ी कहाँ से मिल गई इन दिनों में?"
"वैसे ही मिल गई, जैसे उस दिन आपकी प्रान्दियाँ मिल गई थीं।"
"बैठिए!"
"दादूजी कहाँ हैं?"
"बाहर घोष बाबू के साथ बैठे हैं।"

पास पड़ी अलबम उठाकर इन्द्र देखने लगा। तसवीरें देखकर पूछा :

"ये चन्दन जी की तसवीर है न?"

"हाँ। यूँ ही पिछली तसवीरें देख रही थी।"
"अरे हाँ!...ये तो यहीं की तसवीरें लगती हैं! माँडू की!"
"हाँ, यहीं ली थीं। अशर्फ़ी महल में। आपको मालूम है अशर्फ़ी महल का क़िस्सा?"
"क्या...?"

आरती फिर माज़ी में पहुँच गई, जब वह और चन्दन माँडू घूमने आए थे।

[24]

चन्दन और आरती माँडू में अशर्फ़ी महल में खड़े थे। चन्दन कुछ क़िस्सा महल का सुना रहा था :

"एक दफ़ा नूरजहाँ आई थी यहाँ जहाँगीर के साथ। प्रेगनेंट थी। सीढ़ियाँ नहीं चढ़ पा रही थी। जहाँगीर ने कहा, 'हर सीढ़ी पर चढ़ने की एक अशर्फ़ी दूँगा।' औरत ज़ात थी। सोना देखा, लालच में आ गई। चढ़ गई।"
"इसमें क्या है, मैं तो यूँ ही चढ़ जाऊँगी!"
"मैं सौ रुपए दूँगा।"
"ठीक है, जब प्रेगनेंट होऊँगी तब चढ़ूँगी।"
"तब तो अशर्फ़ी दूँगा। अभी रिहर्सल के लिए सौ रुपए।"

चन्दन ने आरती को सौ का नोट दिखाया और आरती तैयार हो गई। दोनों सीढ़ी के पास पहुँचे जो महल की छत पर जाती थी। आरती हामला की तरह पेट थामकर एक-एक

सीढ़ी चढ़ने लगी। चन्दन सौ रुपए का नोट देने लगा। अभी तीन-चार ही सीढ़ियाँ चढ़ी थी कि प्रेगनेंट औरत की एक्टिंग करते-करते गिरी और चन्दन के हाथ से सारे रुपए छीन लिये।

[25]

अलबम में चन्दन तसवीरें लगा रहा था। पास ही आरती बैठी थी और तसवीरें देख रही थी कि किस जगह कौन-सी तसवीर लगेगी। एक तसवीर पर झगड़ा हुआ। आरती कह रही थी :

"ये नहीं...ये यहाँ पे अच्छी लगेगी।"
"टिम्कू, ये तसवीर यहाँ लगाने दो। वो आगे लगा देंगे।"
"मैंने कहा न, ये यहाँ पे अच्छी लगेगी।"

बग़ैर देखे चन्दन तसवीर खींचकर हटाने लगा कि वह फट गई।

"ठीक है, जो मर्ज़ी आए, वो करो।"

आरती तसवीर फेंककर चली गई।

"टिम्कू, तुम छोटी-छोटी बात पे ग़ुस्सा करने लगी हो। सुनो तो टिम्कू!"

लेकिन आरती नहीं रुकी और ऊपर अपने कमरे में चली गई।

[26]

माज़ी का सफ़र तय हुआ। वही फटी तसवीर इन्द्र के सामने लगी थी।

"ये वही तसवीर है?"
"हाँ...!"

उस तसवीर के सामने एक और तसवीर लगी थी—एक साल के बच्चे की, जो नंगा खड़ा था।

"ये कौन है?"

आरती हँस पड़ी :

"चन्दन!"

सुनकर इन्द्र भी हँस पड़ा। उसी वक़्त दादू कुछ बड़बड़ाते हुए अन्दर दाख़िल हुए :

"पता नहीं, किसने इसे डॉक्टर बना दिया है?"
"अरे ये फ़ाइल ले गए थे आप?"
"अरे दिखाने ले गया था उस बूढ़े घोष को। पन्द्रह साल गुज़ार दिये उसने यहाँ, लेकिन उसे हिस्टरी नहीं मालूम और अपने-आपको बहुत बड़ी अथॉर्टी समझता है माँडू पे...मैंने उससे कह दिया है, जब ये किताब छप जाएगी न, तो उसे एक कॉपी भेज दूँगा। और साथ-साथ ये भी कह दिया है, अच्छी तरह याद कर ले, आकर पूछूँगा।"
"आपने तो यहाँ भी हैड मास्टरी शुरू कर दी!"

इन्द्र ने पूछा :

"कब तक छप जाएगी?"
"कोशिश तो कर रही हूँ, उनकी पहली एन्वरसरी पे

आ जाए। एक पब्लिशर से बात भी हुई थी–मिस्टर गुडवानी लेकिन वो बहुत पैसे माँग रहे थे और इतने पैसे मेरे पास नहीं हैं।"

"हद करती हैं आप भी! पैसे तो उलटा पब्लिशर देगा। आप बुरा न मानें तो एक बात कहूँ? टुमारो पब्लिशर वाले मेरे अच्छे दोस्त हैं। ये मसविदा मुझे दीजिए, मैं फ़र्स्ट क्लास आर्ट पेपर पे छपवा दूँगा।"

दादू फ़ौरन बोले :

"ठीक ही तो है। तुम कहाँ भटकती रहोगी इसके लिए! और ये भी तो बम्बई में हैं, तुम भी बम्बई में हो। ज़रूरत पड़े तो मुझे भोपाल से बुला लेना। दे दो इन्हें।"

आरती हिचकिचाते हुए बोली :

"आप ख़्वामहख़्वाह क्यों बोझ लेंगे?"

"बोझ कुछ उतर जाएगा। बात दरअसल ये है कि मैं अपने-आपको बहुत इन्वोल्ड महसूस करता हूँ चन्दन जी के लिए।"

आरती एक पल ख़ामोश हो गई।

"अगर आप इजाज़त दें तो मैं पढ़ लूँ इसे? आप घबराइए मत, मैं इसे बड़े एहतियात से रखूँगा, जैसे आप रखती हैं।"

आरती ने वह फ़ाइल इन्द्र को दे दी। इन्द्र ने फ़ाइल खोली, सामने खुले हुए सफ़हे को पढ़ने लगा :

" 'साँवला सावन आए न, आए न...' इसमें तो

गीत भी लिखे हैं चन्दन जी ने!"
"उस वक़्त के कुछ गीत हैं जो चन्दन जी ने लिख दिये थे।"

इन्द्र एक गीत की लाइन पढ़ने लगा :

" 'नाम...गुम जाएगा, चेहरा ये बदल...' ये तो वही गीत है, जो आप उस दिन गा रही थीं!"
"हूँ..."

बाहर से दादू की आवाज़ आई :

"आरती, पार्वती का फ़ोन मिल गया, जल्दी आ!"
"माँ जी का फ़ोन है, मैं अभी आती हूँ।"

आरती वहाँ से चल दी।

[27]

माँडू का महल। आरती कुछ तसवीरें खींच रही थी। एक मर्दाना आवाज़ की गुनगुनाहट उभरी :

'नाम...गुम जाएगा
चेहरा ये बदल जाएगा
मेरी आवाज़ ही पहचान है
गर याद रहे...'

इन्द्र गाते हुए आरती के पास पहुँचा और बोला :

"मुझे तो याद हो गया, आपको याद है?"
"हूँ!"

"सुनाइए, सुनाइए न!"

आरती ने गुनगुनाने शुरू किया :

'नाम...गुम जाएगा
चेहरा ये बदल जाएगा
मेरी आवाज़ ही पहचान है
गर याद रहे...

वक़्त के सितम कम हसीं नहीं
आज हैं यहाँ
कल कहीं नहीं
वक़्त से परे अगर
मिल गए कहीं
मेरी आवाज़ ही पहचान है।'

इन्द्र ने आगे गाना शुरू किया :

'हो...
नाम...गुम जाएगा
चेहरा ये बदल जाएगा
मेरी आवाज़ ही पहचान है
गर याद रहे...
जो गुज़र गई
कल की बात थी
हो...उम्र तो नहीं
एक रात थी
रात का सिरा अगर, फिर मिले कहीं
मेरी आवाज़ ही पहचान है
गर याद रहे...'

इन्द्र को गाते देखकर आरती की आँखों में चन्दन की तसवीर उभर गई जो यही गाना

गा रहा था :

'दिन-रात ढले जहाँ,
रात पास हो...'

आरती भी साथ दे रही थी :

'हो...ज़िन्दगी की लौ,
ऊँची कर चलो
याद आए गर कभी
जी उदास हो...'

इन्द्र की आवाज़ ने फिर आरती को अतीत में खींच लिया।

'मेरी आवाज़ ही पहचान है
गर याद रहे...
नाम...गुम जाएगा
चेहरा ये बदल जाएगा
मेरी आवाज़ ही पहचान है।'

गाना ख़त्म हुआ तो आरती उदास हो गई। इन्द्र उसके क़रीब आया।

"आरती जी, आरती जी!"
"क्या...क्या करूँ मैं? भूल भी तो नहीं पाती उन्हें! और याद करती हूँ तो...बर्दाश्त नहीं होता। हर पल सामने रहते हैं, हर बार सामने आ जाते हैं...तो फिर...तो फिर क्यों अकेले छोड़ गए?"

उसके लबों से सिसकी निकल गई।

इन्द्र बहुत दुखी और पशेमान हो गया। वह जितना उसके दुख को कम करना चाहता था, उतना ही वह ताज़ा हो जाता।

"काश, मैं...काश, मैं अपना किया वापस ले सकता! न जाता आपका डांस प्रोग्राम देखने, और न ही एक्सीडेंट होता चन्दन के साथ।"

आरती ने इन्द्र को चौंककर देखा। वह कह रहा था :

"चन्दन का एक्सीडेंट मुझसे ही हुआ, मेरे ही हाथों वो पाप हुआ। मैं आपका प्रोग्राम देखने जा रहा था कि...मुझे तो मालूम भी नहीं था कि मेरे हाथों किसी की मौत हो गई। जिस वक़्त से मुझे पता चला है, अपने-आपको दोषी महसूस कर रहा हूँ कि मैं..."

आरती इन्द्र के क़रीब आई और वह फ़ाइल चन्दन की जो इन्द्र ने पकड़ रखी थी, माँगी :

"दीजिए!"

आरती ने फ़ाइल ली और सीढ़ियों से नीचे उतरने लगी।

"आरती जी...आरती जी...आरती जी, सुनिए...मुझसे ग़लती हुई...मुझसे पाप हुआ लेकिन मैंने..."

इन्द्र आरती के बराबर चलने लगा और वह फ़ाइल वापस लेनी चाही।

"मुझ पर तरस खाने की ज़रूरत नहीं। अब मैं समझी, आप ये किताब क्यों छपवाना चाहते थे। अपने-आप पर इतना बोझ क्यों लेना चाहते थे।"

"आप मुझे ग़लत समझ रही हैं।"

इन्द्र ने वह फ़ाइल लेनी चाही।

"छोड़िए न..."

“मेरी बात तो सुनिए!”
“प्लीज़!”

आपसी खींचातानी में आरती का पैर फिसल गया और वह सीढ़ियों से लुढ़कती हुई नीचे जा पड़ी। उसके सिर में चोट लगी और ख़ून फैल गया। कुछ लोग इकट्ठा हो गए। दादू भी यह देखकर भागे आए।

“आरती...आरती...”

इन्द्र अपने-आपको रोक नहीं पाया और दादूजी से बोलता चला गया :

“दादूजी...दादूजी...मैंने...मैंने कभी कुछ नहीं किया...मैं सच कह रहा हूँ।”

[28]

रात का वक़्त था। इन्द्र आरती के कमरे के बाहर खड़ा था, फिर दरवाज़े पर हलके से खटखटाया। दादूजी बाहर निकले और उसे पकड़कर एक तरफ़ ले गए और समझाया :

“देखो इन्द्रजीत, तुम उससे नहीं मिल सकते। उसके नाक, मुँह, आँख–सब पट्टियों से बँधा हुआ है। वो तुम्हारी आहट सुनते ही चीख़ने की कोशिश करती है।”
“बस-बस, एक बार दादूजी, उनसे कहिएगा, मैं माफ़ी माँगना चाहता हूँ। मेरा कोई दोष नहीं है। और मैं...”
“ओफ़्फ़ो...इन्द्रजीत, समझते क्यों नहीं? एक बार

कोशिश कर चुके हो न? कैसे हाथ-पाँव मार रही थी? कैसे चिल्लाने लगी तुम पर? क्या पता...''

''लेकिन दादूजी, मैं सच कह रहा हूँ, मेरा कोई दोष नहीं है। न जाने क्यों, वह मुझे श्राप समझने लगी हैं!''

''उसकी बात का बुरा नहीं मानना चाहिए। ऐसे हादसे से इस तरह की बातें निकल जाती हैं मुँह से। तुम जाओ, जाकर आराम करो। सुबह आकर मिल लेना। जाओ बेटा, जाओ।''

इन्द्र न चाहते हुए भी अपने कमरे की तरफ़ बढ़ा, और दादू अपने कमरे की तरफ़।

[29]

रात का वक़्त था। इन्द्र अपने बिस्तर पर बैठा दुखी मन से सिगरेट पी रहा था। उसे कार स्टार्ट होने की आवाज़ आई। उसने बाहर निकलकर देखा, तो आरती अपने दादू के साथ अपनी कार से वापस जा रही थी।

[30]

बम्बई में समन्दर किनारे इन्द्रजीत अपने बँगले में था। उसके अंकल ने बिलियर्ड का शॉर्ट लगाया और पूछा :

''फिर...?''

"गेस्ट हाउस के रजिस्टर में दादू का एड्रेस मिला है भोपाल का। भोपाल गया, वहाँ कोई नहीं था। भोपाल के हॉस्पिटल देखे, सारे नर्सिंग होम ढूँढ़े, कहीं कोई पता नहीं मिला।"
"हूँ..."

अंकल इन्द्र के क़रीब आए और पूछा :

"एक बात बताओ, उस लड़की से प्यार हो गया है तुझे?"

इन्द्र चुप रहा।

"अरे बोल न, प्यार करने लगा है आरती से?"
"नहीं अंकल...वो लड़की ठीक ही कहती थी, मैं उसके लिए वाक़ई बहुत मनहूस हूँ।"
"डू नॉट टॉक लाइक एन इडियट, मैन...प्यार करता है तो बोल, मैं उसे ला दूँगा—चाहे किसी ताल-पाताल से ढूँढ़ के क्यों न लाना पड़े। लेकिन सिर्फ़ रहम आ रहा है उस लड़की पर, तो भूल जा। जितनी ग़लती कर चुके हो, वो काफ़ी है। आगे बढ़ोगे तो और भूल होगी।"
"लेकिन अंकल, क्या मैं दोषी नहीं हूँ—उसकी ज़िन्दगी उजाड़ने के लिए? जान-बूझकर न सही, अनजाने में ही सही, दोष तो है मेरा।"
"फिर वही विधवा औरतों की तरह बातें करता है! एन एक्सीडेंट इज़ एन एक्सीडेंट—जिस एक्सीडेंट में चन्दन मर गया था, उसमें तुम भी मर सकते थे।"
"अगर यह दलील की बात थी, तो मुझसे छुपाया क्यों था?"
"तुम्हें तुम्हारे नाबालिग़ ज़ेहन और कमज़ोर जज़्बाती दिल से बचाने के लिए।"

"लेकिन बचा नहीं सके। शायद बता दिया होता तो अच्छा होता।"

इन्द्र इतना कहकर वहाँ से चला गया। अंकल वहीं खड़े सोचते रहे।

[31]

इन्द्रजीत के अंकल अपने ऑफ़िस में बैठे थे। उनकी रिसेप्शनिस्ट ने आकर बताया :

"सर, कहीं से भी आरती देवी का एड्रेस नहीं मिला।"
"हूँ...हॉस्पिटल?"
"सारे हॉस्पिटल पूछे–इस नाम का कोई भी केस नहीं आया। प्राइवेट नर्सिंग होम्स से पूछा, पर कोई केस नहीं है ऐसा, या इस नाम का।"
"दिल्ली के संगीत अकादमी को फ़ोन करो। उनके पास उसका पता होगा।"
"यस सर!"

इस बीच दरवाज़े पर राजाराम दिखाई दिये।

"आइए, आइए, राजाराम जी, तशरीफ़ लाइए!"
"इन्द्र कहाँ है? ऑफ़िस नहीं आया?"
"नहीं, उसकी तबीयत ज़रा ठीक नहीं है।"
"क्या हुआ उसे?"
"लड़का है, ज़रा बालिग़ हो रहा है। मतलब मैचवर..."

रिसेप्शनिस्ट फिर वापस आई और बताया :

"सर, डॉक्टर कुमुद नर्सिंग होम में इस नाम का एक

केस आया है—इसी नाम का, लेकिन आँखों के ऑपरेशन के लिए।''

''हेमरेज..?''

''यस सर!''

''अच्छा, पांडे को बोलो, गाड़ी निकाले।''

''यस सर!''

''और देखो, इन्द्र का फ़ोन आए, तो उसे ख़बर मत करना।''

''यस सर!''

शाम का वक़्त था। इन्द्र अपने घर के टैरेस पर उदास था।

'जाने क्या सोचकर नहीं गुज़रा
एक पल रात भर नहीं गुज़रा
अपनी तन्हाई का,
औरों से न शिकवा करना
तुम अकेले ही नहीं हो, सभी अकेले हैं
ये अकेला सफ़र नहीं गुज़रा...आ...

जाने क्या सोचकर नहीं गुज़रा
दो घड़ी जीने की मुहलत
तो मिली है सबको

तुम भी मिल जाओ
घड़ी भर को ये कम होता है
इक घड़ी का सफ़र नहीं गुज़रा...आ...
जाने क्या सोचकर नहीं गुज़रा...'

इन्द्रजीत के बिस्तर पर ढेर सारी तसवीरें बिखरी पड़ी थीं। ये सब आरती की थीं जो इन्द्र ने माँडू में खींची थीं। अंकल उसके

कमरे में आए और तसवीरों को देखा और आरती की एक तसवीर लेकर टैरेस की तरफ़ चले गए जहाँ इन्द्र बैठा हुआ था। अंकल उसको देखते हुए हँस पड़े और बोले :

"हाय, देवदास! अरे यार, शराब-वराब मँगा के रखो, कैसे देवदास हो तुम?"

फिर हाथ में पकड़ी तसवीर दिखाकर बोले :

"लड़की ख़ूबसूरत है यार, इससे तो तुम इश्क़ में पड़ जाते तो अच्छा होता।"

पास रखी कुर्सी पर बैठ गए और हँसकर बोले :

"तुम तो धोबी के...लग रहे हो—न इधर के, न उधर के!"

"अंकल, कुछ पता तो नहीं लगा होगा?"

"अब तो पता करना ही होगा यार, तुम्हारे लिए, नहीं तो अपने लिए..."

घर की नौकरानी, जो चाची कहलाती थी, वह चाय लेकर आ गई। इन्द्र की हालत देखकर बोली :

"ये क्या हाल कर दिया मेरे बेटे का? न बोलता है, न बताता है। कहाँ दिन भर धूमधाम होता था घर में, और अब तो नीचे भी नहीं जाता!"

"चाची, इश्क़ में पड़ गया है बेटा तुम्हारा।"

"क्या इश्क़...तो करा दो न इसकी शादी! नहीं तो क्या इसे भी..."

"हाँ-हाँ, कह दो न चाची, नहीं तो क्या इसे भी अपनी तरह रखोगे?"

चाची हँसकर दूसरी तरफ़ चल दी।

"इन्द्र, बात चलाऊँ आरती सान्याल से?"

इन्द्र ने अंकल की तरफ़ देखा। अंकल जल्दी से चाय बनाने लगे और पूछा :

"शुगर...दो चमच!"
"अंकल, आप मुझसे कुछ छुपा तो नहीं रहे?"
"तुम फिर मिलना चाहते हो उससे? बोलो, अगर मिलना चाहते हो, तो मैं मिला देता हूँ। लेकिन एक बात कहता हूँ। वो हर्गिज़ नहीं मिलना चाहती है तुमसे। तुम्हारे नाम से भी चिढ़ती है।"
"वो है कहाँ? बम्बई में?"
"हूँ..."
"कैसी है?"
"ठीक है। देखो इन्द्र, उस दिन मैंने चन्दन की बात छुपाई और शायद छुपा के ही ग़लती की। लेकिन क्या पता, न छुपाता तो भी यही होता। और अब भी कुछ नहीं छुपाना चाहता। कल जो होने वाला है, वो आज हो जाए तो अच्छा है। तुम्हें छोटे बच्चों की तरह हाथ थामकर नहीं चलाना चाहता इन्द्र, लेकिन अगर बच्चों की तरह तुम आग में हाथ डालो तो बचाना मेरा फ़र्ज़ है। आरती कुमुद नर्सिंग होम में है।"

यह सुनकर इन्द्र खड़ा हो गया।

"नर्सिंग होम में?"
"हाँ!"
"आप तो कह रहे थे कि वो ठीक है?"
"हाँ, तुमसे बेहतर है इसलिए कहा। उसकी चोट तो जिस्मानी है, पर तुम्हारी ज़ेहनी, दिमाग़ी है। उसका

इलाज हो सकता है, तुम्हारा...मुश्किल है।"

इन्द्र ने क़रीब आकर पूछा :

"क्या हुआ है उसे?"

"हेमरेज। आँखों में ब्लड कोट हुआ था, ऑपरेशन हुआ है। देखो इन्द्र, मैं तुमसे थोड़ा बड़ा हूँ। उम्र में नहीं, तजर्बे में। इसलिए कहने का हक़ रखता हूँ। अगर प्यार हो उस लड़की से, बेशक जान पे खेल जाओ, मैं तुम्हें रोकूँगा नहीं। मैं हर क़दम पे तुम्हारे साथ हूँ। लेकिन ख़ुद को दोषी महसूस कर रहे हो, या रहम आता है उस लड़की पे, तो इस रास्ते से हट जाओ। न ख़ुद जी सकोगे, न उसे जीने दोगे। उससे मिलने तुम इसलिए मत जाना कि वो अन्धी है। अगर प्यार करते हो तो इसलिए रुकना भी नहीं कि वो अन्धी है।"

इतना कहकर अंकल चले गए, और इन्द्र उन्हें जाते हुए देखता रहा।

[34]

कुमुद नर्सिंग होम के डॉक्टर से इन्द्र बात कर रहा था :

"उसके बाद मैंने बहुत कोशिश की मिलने की लेकिन...डॉक्टर, चाहे कुछ भी करना पड़े, कितना भी ख़र्च हो जाए, मैं देने को तैयार हूँ, मगर उसकी आँखें वापस ला दो डॉक्टर!"

डॉक्टर के कमरे में ही एक तरफ़ बैठी आरती की माँ सब सुन रही थी।

"वरना मैं ज़िन्दगी भर इस गिल्ट से बाहर नहीं आ पाऊँगा।"

"लेकिन इसमें आपका क्या क़सूर है? आपने जान-बूझ के कुछ थोड़े किया?"

"जान-बूझ के कुछ नहीं किया, पर दिल मानता नहीं। एक दोष मिटाने गया था, उससे बड़ा पाप लेकर वापस आ गया।"

"हूँ...लेट मी इंट्रोड्यूस यू टू मिसिज़ सान्याल! आरती की माँजी!"

इन्द्र ने पलटकर आरती की माँ को देखा और बोला :

"आई एम सॉरी माँजी! मुझे ख़याल ही नहीं आया कि आप...लेकिन अच्छा है, आपने सब कुछ सुन लिया। अब आप ही बताइए, इसमें मेरा क्या दोष है? मैंने कुछ जान-बूझ के थोड़े किया?"

"तुम्हें कौन दोष देता है बेटा! जो होना था, वो... मुझे आरती के दादू ने सब बता दिया था।"

"लेकिन आरती..."

तभी आरती को एक नर्स लेकर केबिन में आई। उसकी आँखों पर पट्टी बँधी थी।

"माँ...माँ..."

"हाँ, बेटी...मैं यहाँ हूँ।"

"मिसिज़ सान्याल, दवा का ख़याल रखिए, और आराम बहुत ज़रूरी है।"

आरती ने पूछा :

"चल-फिर तो सकती हूँ डॉक्टर?"

"हाँ-हाँ, पर जब तक पट्टी नहीं खुलती, घर में

चल-फिर सकती हैं।"

"बाहर अब क्या देखने जाऊँगी?...माँडू? चलो माँ!"

बेख़याली में इन्द्र बोल पड़ा :

"चलिए, मैं छोड़ देता हूँ।"

आरती इन्द्र की आवाज़ पहचान गई :

"कौन है ये?...माँ...इन्द्र..."

सभी डर के ख़ामोश हो गए। आरती ने ग़ुस्से से पूछा :

"बोलती क्यों नहीं माँ...सब चुप क्यों हो गए? बताओ न माँ?"

डॉक्टर आगे बढ़कर बोले :

"क्या हुआ आरती? ये मेरे दोस्त हैं मिस्टर प्रकाश।"

आरती ने एक वक़्फ़ा लिया। एक लम्बी साँस ली और बोली :

"आई एम सॉरी डॉक्टर! सॉरी मिस्टर प्रकाश! आवाज़ से ग़लती खा गई।"
"चलो बेटी, घर चलें।"

आरती माँ के साथ चली गईं। इन्द्र और परेशान हो गया।

[35]

इन्द्र अपने ऑफ़िस में बेचैन था। सामने रखे किसी घर के नक़्शे पर ग़ुस्से से स्याही फेंककर

उठ खड़ा हुआ और ऑफ़िस से बाहर निकल गया।

[36]

इन्द्र आरती की माँ से मिलने आया। माँजी उसे बता रही थीं :

"...अमेरिका ले जाकर भी यही होगा, जो यहाँ हुआ है। मैंने पूछा था डॉक्टर से।"
"पट्टी कब खुलेगी?"
"और दस दिन लगेंगे। 23 तारीख़ को खुलेगी।"

आरती धीरे-धीरे ऊपर की सीढ़ियों से नीचे उतर रही थी। उसका पैर लड़खड़ाया। माँ ने देख लिया, घबराकर चिल्लाईं :

"आरती..."

दौड़कर आरती के पास गईं और सहारा देते हुए कहा :

"आरती...बेटी, कैसे चली आई अकेली?"

आरती मुस्कुराई :

"सीढ़ियाँ सूँघते-सूँघते आ गई।"

माँ सहारा देकर उसे सोफ़े तक लाईं और बिठाया। आरती की आँखों पर पट्टी बँधी हुई थी। गुलदान में गुलछड़ी के फूल सजे थे। महक महसूस करके आरती ने पूछा :

"ये...ये फूल कौन लाया माँ?"

"मैं...मैं ही लाई थी बेटी! तुझे बहुत पसन्द है न ये फूल!"
"अब मत लाया करो ये फूल...फिर कभी मत लाना।"

इन्द्र ने माँ से इशारे में पूछा, और जाने लगा। आरती को उसके जूतों की आवाज़ सुनाई पड़ी। उसने पूछा :

"कौन गया है यहाँ से?"
"माली था। चला गया।"
"उससे कहो, फिर कभी बूट पहनकर अन्दर न आए।"

[37]

आरती की आँखों की पट्टी खुलने वाली थी। माँ भी उस हॉस्पिटल के कमरे में मौजूद थीं और इन्द्र कमरे के बाहर बेचैनी से टहल रहा था। डॉक्टर आरती के क़रीब आया तो आरती ने पूछा :

"माँ कहाँ है डॉक्टर?"
"इधर ही हूँ बेटी!"
"इधर आओ न। मेरे पास आओ माँ, हाथ दो।"

माँ ने क़रीब आकर आरती का हाथ पकड़ लिया। डॉक्टर आरती की पट्टी खोलने लगा। एक-एक परत उतारता गया। सारी पट्टियाँ उतर गईं तो सब बत्तियाँ जला दी

गईं। फिर आँखों पर रखे कपास को हटाते हुए डॉक्टर ने आरती से कहा :

"खोलिए, धीरे-धीरे अपनी आँखें खोलिए।"

आरती ने धीरे-धीरे अपनी आँखें खोलीं पर उसे कुछ दिखाई न दिया। वह चिल्ला पड़ी :

"डॉक्टर, डॉक्टर, मुझे कुछ दिखाई नहीं देता...मुझे कुछ दिखाई नहीं पड़ रहा है...!"

यह सुनकर माँ रो पड़ीं। डॉक्टर उदास-सा कमरे के बाहर निकल गया, और इन्द्र के पास जाकर कहा :

"आई एम सॉरी इन्द्र! आई कुड नॉट हेल्प हर!"

इतना कहकर डॉक्टर वहाँ से चला गया। इन्द्र दुखी मन लेकर रह गया। कमरे में माँ-बेटी रह गई थीं। माँ आरती का हाथ थामे रो रही थीं। आरती ने समझाते हुए कहा :

"रोती क्यों हो माँ? घबराओ नहीं। तो क्या हुआ, तुम जो हो! तेरी भी आँखें तो मेरी हैं न माँ!"
"क़िस्मत में यही लिखा था, तो भगवान क्या कर सकते हैं!"

शाम का धुँधला अक्स सारे कमरे में पड़ रहा था और बाहर सूरज दहकते कोयले की तरह पानी में जा छुपा।

[38]

इन्द्र अकेले ही बिलियर्ड खेल रहा था, जब चाची आ गई और उसको उदास देखकर पूछा :

"चाय लाऊँ बेटा?"
"नहीं चाची!"
"ये खेल मैं नहीं खेल सकती?...चल, तेरे साथ खेलती हूँ।"

चाची ने पास पड़ी स्टिक उठा ली।

"चाची, तुम्हें आता है खेलना?"
"तू सिखा दे।"
"अरे चाची, क्या हुआ है तुम्हें?"
"मैं खेलूँगी न तेरे साथ। तू गुमसुम-सा लगा रहता है अकेले, अच्छा नहीं लगता। इस तरह तुझे देखा नहीं जाता।"
"चाची..."
"तू कहीं जाता नहीं। तुझसे मिलने कोई आता नहीं। तेरी माँ होती न बेटा, तो मना लेती तुझे।"

चाची की आँखें भर आईं। इन्द्र चाची के गले से लिपट गया। अंकल वहाँ पहुँचे। चाची कुछ कहते-कहते रुक गई, और वहाँ से चली गई।

"इन्द्र, जब मैं पाँचवीं क्लास में था, तब मैंने पढ़ा था–सोरो शियर्ड, सोरो हाफ़!"

यह सुनकर इन्द्र के चेहरे पर मुस्कान उभरी। अंकल बोले :

"हो जाए एक गेम!"
"हो जाए!"

“कम ऑन...चाय नहीं पिलवाओगे?”

इन्द्र ने आवाज़ दी :

“चाची...चाची, चाय।”

आवाज़ सुनकर चाची आ गई।

“चाची, चाय दो। अंकल भी पिएँगे।”
“अभी लाई बेटा!”

इन्द्र और अंकल खेल में मसरूफ़ हो गए।

[39]

आरती अपने कमरे में ड्रेसिंग टेबल के सामने बैठी थी और माथे पर टटोलकर बिंदी लगाने की कोशिश कर रही थी। बिंदी लगाते-लगाते वह माज़ी में खो गई, जहाँ से चन्दन के हँसने की आवाज़ आ रही थी।

[40]

आरती और चन्दन बरसात में भीग रहे थे। भीगते हुए घर की जानिब बढ़े। आरती दौड़कर बरामदे में जाकर खड़ी हो गई। चन्दन उसे बुला रहा था भीगने के लिए। लेकिन वह खड़ी रही। चन्दन उसके क़रीब आकर उसे देखने लगा और अपने माथे को उसके माथे से लगा दिया। आरती के माथे की बिंदी चन्दन के माथे पर लग गई। यह देखकर आरती खिलखिलाकर हँस पड़ी।

[41]

माज़ी के झरोखे से निकलते-निकलते आरती के होंठ मुस्कुरा उठे और वह गुनगुनाने लगी :

'ओ...
अबके न सावन बरसे
अबके न सावन बरसे
अबके बरस तो बरसेंगी अँखियाँ
अबके न सावन बरसे

जाने कैसे अबके ये मौसम बीते
बीते जो तेरे बिन, वो कम बीते
तेरे बिना सावन सूखे
तेरे बिना अब तो ये मन तरसे
अबके न सावन बरसे

जाने कब आए दिन, कब ढल जाए
तेरे बिना अँखियों से रात न जाए

तेरे बिना अब तो ये दिन तरसे
अबके न सावन बरसे!'

[42]

रात हो चुकी थी। आरती अँधेरे कमरे में बैठी थी। माँ आईं और कहने लगीं :

"आरती, अँधेरे में क्यों बैठी है?"

माँ ने कमरे की बत्तियाँ जला दीं।

“बत्ती नहीं जलाई?”
“रात हो गई माँ?”
“हाँ! चल, नीचे चल के बैठ। कम-से-कम जगह तो बड़ी है। इतनी-सी जगह में तेरा दम नहीं घुटता?”
“वो भी कहाँ पता चलता है।”
“चल!”

माँ धीरे-धीरे आरती को कमरे के बाहर ले गईं।

[43]

इन्द्र आरती के घर के बाहर खड़ा घंटी बजा रहा था। बार-बार बजाने पर भी दरवाज़ा नहीं खुला। इन्द्र की घंटी की आवाज़ से आरती धीरे-धीरे नीचे सीढ़ियाँ उतरने लगी। सहारे ले-लेकर दरवाज़े तक आ गई, और दरवाज़ा खोल दिया। इन्द्र उसे सामने देखकर डरकर दो क़दम पीछे हट गया। आरती ने पूछा :

“कौन...कौन हैं?”
“मैं...मैं माँजी से मिलने आया था।”
“ओह...माँ तो नहीं है। घर पे कोई भी नहीं है।”
“कोई बात नहीं, मैं फिर आ जाऊँगा।”
“माँ से क्या कहूँ?...कौन आए थे?”

इन्द्र सोच में पड़ गया। फिर उसे डॉक्टर का दिया नाम याद आया।

“मैं, प्रकाश...”
“ओह! उस दिन डॉक्टर साहब के यहाँ मिले थे,

वही न?"
"जी, हाँ..."
"आइए न...माँ थोड़ी देर में आ जाएगी। आइए!"

इन्द्र दो क़दम आगे बढ़ गया।

"उस दिन बुरा मान गए थे मेरी बात का?"
"नहीं तो!"
"और क्या...इसलिए तो आप बाहर से ही चले जा रहे थे।"

आरती ने पास के टेबल-फ़ैन को चलाया और कहा :

"आइए...बैठिए! सोफ़ा है न वहाँ। आप तो देख ही सकते हैं।"

इन्द्र अब भी कुछ डरा-सा सोफ़े पर बैठ गया।

"माँजी कहाँ गईं?"
"मन्दिर भगवान से मेरी आँखें माँगने। प्रार्थना से आँखें मिलतीं तो सभी अन्धे आँखों वाले हो जाते।"
"हो सकता है, भगवान उन्हीं की सुन ले। वो सुना है न आपने, वरजिन मैरी का गिरजा, जहाँ लोग मन्नत माँगते हैं। कहते हैं, नौ बुधवार जाकर कैंडल जलाओ, तो इच्छा पूरी हो जाती है।"
"ऐसा होता है?"
"सुना तो यही है, लेकिन..."
"आप मानते हैं?"
"नॉट एक्ज़ैक्टली। आपका फ़ेथ है?"

आरती हँस पड़ी :

"मेरा तो अब ब्लाइंड फ़ेथ है।"

इन्द्र ख़ामोश हो गया। तभी आरती की माँ घर में दाख़िल हुईं। इन्द्र को बैठा देखकर घबरा-सी गईं। उनके पैरों की चाप सुनकर आरती ने पूछा :

''माँ...''
''बेटी...''

इन्द्र माँ की घबराहट समझकर बोल पड़ा :

''जी, मैं...प्रकाश हूँ। उस दिन डॉक्टर साहब के यहाँ मिले थे।''

माँ इशारा समझ गईं।

''हाँ-हाँ, जानती हूँ...बैठो-बैठो, ये लो, प्रसाद लो! बेटी, ये प्रसाद!''
''माँ, एक गिरजा है, वहाँ जो भी माँगो, वही मिलता है। कहते हैं, नौ बुधवार जाना पड़ता है मोमबत्ती जलाने।''
''नौ क्या, नौ सौ बार हो तो भी मैं जाऊँ। तेरी आँखें मिल जाएँ, बस!''
''माँ, भगवान डॉक्टर थोड़े ही हैं। प्रकाश जी, आज डॉक्टर आने वाले थे, आएँगे?''
''पता नहीं, मिले नहीं मुझे डिस्पेन्सरी में।''

फिर उठते हुए बोली :

''दवाई डाल लूँ, वरना डॉक्टर साहब आएँगे तो डाँट पड़ेगी।''

वह जाने लगी तो माँ ने कहा :

''तू बैठ, मैं ले आती हूँ।''
''नहीं माँ, मैं चली जाऊँगी।''

"तू कैसे जाएगी?"
"जैसे आई थी...अच्छा, प्रकाश जी!"

इन्द्र ने पूछ ही लिया :

"तो फिर चलना है गिरजाघर में?"
"हाँ, इस बुधवार को चलूँगी।"
"बुधवार तो कल ही है। आ जाऊँ लेने?"
"माँ...माँ, चली जाऊँ?"
"हाँ, बेटी, चली जा!"

आरती फिर धीरे-धीरे सीढ़ियाँ चढ़कर अपने कमरे में चली गई। माँ ने इन्द्र से पूछा :

"पहचाना नहीं तुम्हें?"
"नहीं। इसलिए तो हँसकर बात कर रही थी।"
"कितने युगों बाद आज आरती को हँसते देखा। तुम आए तो..."
"मैं...वो स्क्रिप्ट लेने आया था, वो जो चन्दन जी ने लिखी थी। किताब छपवा दूँगा। आरती बहुत ख़ुश होगी।"
"नहीं बेटे...वो फ़ाइल तो हमेशा अपने पास ही रखती है। किसी को छूने तक नहीं देती।"

आरती की आवाज़ आई :

"माँ..."
"हाँ, बेटी!"

वह ऊपर कमरे के बाहर खड़ी पूछ रही थी :

"वो जो फ़ाइल थी न, कहाँ गई?"
"वो तो तूने ख़ुद ही उठाकर अलमारी में रखी थी। वहीं होगी।"
"ठीक है। याद आ गया।"

आरती दीवारों को टटोलते हुए अपने कमरे में चली गई।

[44]

आरती इन्द्र के साथ गिरजाघर आई थी, लेकिन वह इन्द्र को प्रकाश समझती थी।

"प्रकाश जी..."

इन्द्र दूर खड़े समन्दर की लहरों को देख रहा था। आरती की आवाज़ सुनकर पास आया।

"आपने मोमबत्ती जला ली?"
"हाँ.."
"क्या मन्नत माँगी?"
"मन्नत बताया नहीं करते, जब तक पूरी न हो जाए।"
"पूरी हो जाए, तो बता देंगी आप?"
"हाँ, आपको फिर लेकर आऊँगी यहाँ।"

इन्द्र ने हँसकर पूछा :

"दूसरी मन्नत माँगने?"
"नहीं, नहीं, मन्नत चुकाने। आना चाहिए न, जब मन्नत पूरी हो जाए?"
"ऑफ़कोर्स!...सँभलकर, सीढ़ियाँ हैं यहाँ।"

इन्द्र सँभालता हुआ आरती को सीढ़ियाँ उतार रहा था। दोनों काफ़ी ख़ुश दिखाई दे रहे थे और बातें कर रहे थे।

[45]

आरती को उसके घर इन्द्र अपनी कार से छोड़ने गया। कार रुकी तो आरती दरवाज़ा खोलकर बाहर निकली और घर की तरफ़ चली। इन्द्र बोल पड़ा :

"सुनिए, मेरे लिए रुकिए तो सही।"
"डोंट वरी, आई कैन गो बाय माई ऑन!"

आरती ख़ुद ही दरवाज़े तक पहुँच गई। माँ ने दरवाज़ा खोला :

"माँ..."
"हो आई गिरजे से?"
"हाँ! बहुत अच्छा लगा।"
"शुक्र है, ज़रा बाहर तो गई, रौनक़ आ गई मुँह पर।"

इन्द्र भी पास आते हुए बोला :

"ख़्वामहख़्वाह घर में बन्द होकर बैठी थीं। कल आप भी चलिए, पिक्चर देखने जाएँगे।"
"अच्छा!"

यह सुनकर आरती हँस पड़ी।

माँ ने पूछा :

"क्या हुआ?"
"मुझे पिक्चर दिखाने ले जाएँगे—मुझ अन्धी को?"

इन्द्र को अपनी ग़लती का एहसास हुआ, वह जल्दी से बोला :

"आई एम सॉरी...! घूमने जाएँगे...मैं चलता हूँ।"

"अरे, अभी कहाँ जा रहे हैं? चाय पीकर जाइए न! छह तो बज रहे हैं।"

इन्द्र हैरान हुआ कि आरती ने वक़्त कैसे बताया। वह घबराकर घड़ी देखने लगा और पूछा :

"हाँ, छह...आपको कैसे मालूम, छह बज गए हैं?"
"एक घड़ी और भी है न, जो पेट में लगी रहती है।"

इन्द्र मान गया।

"चलो, चाय पीकर जाता हूँ।"

[46]

किसी कल्चरल एसोसिएशन के मैनेजर बैठे हुए आरती की माँ से बात कर रहे थे :

"इट थ्री डेज़ प्रोग्राम, एंड वी वांट शी शुड परफ़ोर्म हर डांस!"
"वो नाच छोड़ चुकी है, अब नहीं करती।"
"ये बहुत बड़ा कल्चरल फ़ंक्शन है, और उसमें बड़ी-बड़ी डिगनिटीज़ आएँगी।"
"लेकिन वो अब नाच नहीं कर सकती, मैंने कहा न आपसे।"
"लेकिन करना चाहिए माँजी। जो लोग करा रहे हैं, अच्छे-ख़ासे पैसे देंगे।"

बाहर दरवाज़े से इन्द्र कमरे में आया। वह आरती को बाहर घुमाने ले जाना चाहता था।

"नमस्ते माँजी!"

“नमस्ते बेटा, मैं आरती को बुलाती हूँ।”

“अच्छा, अच्छा!”

“क्या है शर्मा जी, पैसे की बात नहीं है। लेकिन वह नाच नहीं सकती।”

आरती सहारे से धीरे-धीरे सीढ़ियाँ उतर रही थी।

“दस हज़ार कम नहीं होते माँजी!”

आरती ने पुकारा :

“माँ, प्रकाश जी आ गए?”

शर्मा जी ने घूमकर देखा आरती को। इन्द्र बोला :

“हाँ-हाँ, मैं आ गया। माँजी बुलाने ही जा रही थीं।”

“माँ, मैं जाऊँ?”

“हाँ, बेटी, जा।”

इन्द्र आरती के साथ चलते हुए कमरे से निकल गया। शर्मा जी चौंके और पूछा :

“लेकिन...ये आरती की आँखों को क्या हुआ है?”

“इसीलिए तो कह रही थी कि वो अब नाच नहीं सकती है।”

“लेकिन आपने पहले कभी बताया नहीं?”

[47]

आरती और इन्द्र कार में जा रहे थे। इन्द्र ने आरती से पूछा :

''तुमने नाचना क्यों छोड़ दिया?''
''यूँ ही छोड़ दिया।''
''कोई वजह तो होगी?''
''नहीं, नाचने की कोई वजह थी क्या?...वैसे ही छोड़ने की वजह नहीं है।''

इन्द्र ख़ामोश हो गया और गाड़ी चलाता रहा।

[48]

दूसरे दिन इन्द्र आरती के घर पहुँचा। आरती झूले पर बैठी उसी का इन्तज़ार कर रही थी। इन्द्र ने क़रीब जाकर पूछा :

''बिलकुल तैयार बैठी हो?''
''और क्या!...कब से इन्तज़ार कर रही हूँ, चलें?''
''आई हैव ब्राउट सम थिंग फ़ोर यू!''
''क्या?''
''बता दूँगा, देखना मत।''
''अच्छी बात है, मैंने आँखें बन्द कर लीं।''

इन्द्र उसकी तरफ़ देखने लगा और उसके हाथों को उसकी आँखों से हटाया। आरती बोल पड़ी :

''मैंने देख लिया। पायल!''
''लाओ, मैं पहना दूँ।''
''नहीं, प्रकाश, मैं नहीं पहनूँगी।''
''क्यों?''
''रहने दो।''
''कोई ख़ास वजह?''

"चन्दन को अच्छी नहीं लगती थी।"
"ठीक है, चलो।"

इन्द्र ने पायल वहीं झूले पर रख दी। फिर आरती को लेकर बाहर की तरफ़ चल दिया।

[49]

आरती अपने घर में बैठी पैरों में घुँघरू बाँध रही थी। फिर खड़ी होकर नाचने लगी। उसने नाचते हुए यूँ ही गोल चक्कर लिया। पास रखे सोफ़े से टकरा गई और गिरने लगी। उसी वक़्त इन्द्र आ पहुँचा और उसे सँभाल लिया। आरती ने उसे छूकर महसूस किया और पूछा :

"अरे, आप कब आए?"
"बड़ी देर हुई।"
"मैंने तो आपकी पैरों की आवाज़ सुनी ही नहीं?"

इन्द्र ने उसे सोफ़े पर बिठाते हुए कहा :

"अपने पैरों की आवाज़ सुन रही थीं न। देखा, कितनी सुरीली..."
"मैंने कहा था न, मुझसे नहीं होगा।"

यह कहकर आरती अपने पैरों से घुँघरू खोलने लगी। इन्द्र ने हौसला दिया :

"लेकिन हुआ तो सही।"
"पहले आँखें गईं। आज नाक चपटी हो जाती, अगर आप नहीं आ जाते।"
"कैसे नहीं आता? मैंने कहा था न, बस, हाथ

बढ़ाने की देर है और मैं...हूँ। अरे, ये क्या कर रही हो, बाँधो इसको!''
''नहीं, नहीं...''

इन्द्र उसके घुँघरू फिर से बाँधने लगा।

''कैसे नहीं-नहीं?''
''नहीं प्रकाश!''
''प्रकाश-व्रकाश कुछ नहीं चलेगा।''
''मैं कहती हूँ, मुझसे नहीं होगा।''
''कैसे नहीं होगा? चलो, खड़ी हो जाओ!''

आरती खड़ी हो गई।

''कम ऑन, स्टार्ट!''
''प्रकाश, मुझसे नहीं होगा।''
''कैसे नहीं होगा? चलो, शुरू करो!''

इन्द्र अपने हाथों से ताल बजाते हुए कहने लगा :

''न धिन, न धिन, न धिन, तक धिन, तक धिन ना!''
''ये आपने कहाँ से सीखा?''
''तुम्हारे लिए क्या कुछ नहीं सीखना पड़ा। देखो, इसके सिवा कुछ चारा नहीं। बस, शुरू हो जाओ– वन टू थ्री!''

[50]

अंकल इन्द्र को क्लासिकल गाना सिखाते थे, और गाकर सुनाते थे। इन्द्र उनसे सीखकर

आरती के पास आकर उसे तैयार करता था। आरती अब खुलकर नाचने लगी थी। एक तबले वाला बैठा तबला बजा रहा था और इन्द्र वहीं बैठा आरती को नाचते देख रहा था।

[51]

इन्द्र के घर के लॉन में इन्द्र और उसके अंकल बैठे थे। अंकल ने एक गाना शुरू किया। इन्द्र ने उसके आगे गाना शुरू कर दिया :

'मीठे बोल बोले पायलिया!
मीठे बोल बोले पायलिया!'

इन्द्र यही गाना आरती के सामने गा रहा था और आरती उसपर नाच रही थी।

'बोले रे पायलिया
मीठे बोल बोले पायलिया
पग पग नाचे रे
घुँघरू की दासी
इक पग राधा जैसी
इक पग मीरा जैसी
साँवरे की बोली बोले
पायल बोले—मीठे बोल बोले पायलिया!'

आरती ने भी लय पकड़ी और गाने लगी :

'आ...धूम...धिन धिन बोले
झनक झन बोले
मीठे बोल बोले पायलिया
नैनों की बाँसुरी कोई सुनाए

अटारियों की ज्योति से ज्योति लाए
बावरी सी डोले बोले पायल बोले
मीठे बोल बोले पायलिया!'

[52]

इन्द्र और अंकल बँगले के बाहर निकल रहे थे। अंकल ने कहा :

''सेमी फ़ाइनल तो तुमने जीत लिया।''
''आप इसे सेमी फ़ाइनल कहते हैं अंकल?''
''ऑफ़कोर्स! फ़ाइनल तो उस वक़्त होगा जब तुम आरती को अपना असली नाम बताओगे।''

दोनों बाहर लॉन में आकर बैठ गए। अंकल ने कहा :

''अब भी न बताया तो बहुत देर हो जाएगी।''
''लेकिन अंकल, बताऊँ कैसे? वो तो अब भी नाराज़ है इस नाम से। बर्दाश्त नहीं कर सकती वो नाम।''

[53]

आरती और इन्द्र समन्दर किनारे टहल रहे थे। इन्द्र कुछ दूर ही पर था कि आरती ने घबराकर कहा :

''अरे पास ही रहिए न! कहीं गहरे पानी में चली गई तो?''

"घबराइए नहीं, कहीं भी चली जाइए, मैं पास ही मिलूँगा। जब भी मरज़ी हो, हाथ बढ़ाकर पकड़ लीजिए।"

"उई...!"

"क्या हुआ?"

"ये लहर कैसे गुदगुदी कर गई पैरों में!"

"ये लहरों की झाग जानती हो, कैसी लग रही है तुम्हारे पैरों में?"

"कैसी?"

"घुँघरू जैसी! ऐसा लगता है, जैसे चाँदी के घुँघरू पहन रखे हों!"

आरती को इन्द्र कार की तरफ़ ले जा रहा था। तभी दूर से अंकल ने इन्द्र को पुकारा :

"इन्द्र...इन्द्र..."

यह नाम सुनकर आरती एक पल को रुक गई और कुछ सोचने लगी। इन्द्र ने कहा :

"आओ, बैठो।"

आरती ने कहा :

"यहाँ जूहू पे मक्कई का भुट्टा मिलता है। प्लीज़, गेट मी वन!"

"मैं अभी लाता हूँ।"

आरती को कार के पास खड़ी करके इन्द्र चला गया। आरती कार के पीछे आई और धीरे-धीरे से गाड़ी की नम्बर प्लेट को छूकर पढ़ने लगी, और गाड़ी का नम्बर मालूम होने पर उसके चेहरे पर कुछ रंग आकर गुज़र गए।

[54]

एक चने वाले के खोंचे के पास इन्द्र अंकल से बात कर रहा था :

"नाम लेने की क्या ज़रूरत थी? आप अच्छी तरह जानते हैं, उसे इन्द्र नाम से कितनी नफ़रत है।"
"अरे कभी न कभी तो कहना ही होगा। आज कह दिया तो क्या हर्ज है?"
"एक दिन मैं ख़ुद ही बता दूँगा। जल्दी क्या है?"
"तुम कह रहे हो, जल्दी क्या है? मैं कह रहा हूँ, कल ही कह दो।"
"देखिए अंकल, कुछ भी कहने की ज़रूरत नहीं है।"
"इन्द्र, अगर तुमने नहीं बताया तो मैं जाकर बता दूँगा।"
"बता के दिखाइए!"
"बताऊँ?"

अंकल आरती की तरफ़ बढ़ने लगे। इन्द्र ने उन्हें खींच लिया और ख़ुद चल दिया कहता हुआ :

"कोई ज़रूरत नहीं है।"

[55]

आरती कार में बैठी थी। इन्द्र भुने भुट्टे लेकर आया। इन्द्र आरती को देते हुए बैठने लगा :

"ये लीजिए।"

आरती बोली :

"एक पाप मन में आया था।"
"क्या?"
"अभी-अभी तुम भुट्टा लेने गए थे न, तो किसी ने इन्द्र कह के बुलाया। मैं समझी, तुम कहीं इन्द्र तो नहीं हो?"
"तुम्हें कैसे मालूम, मैं इन्द्र नहीं?"
"मैंने गाड़ी का नम्बर टटोल के देखा। उस गाड़ी का नम्बर था 7838। तुम्हारा है 3201।"

इन्द्र ने एक आह भरकर गाड़ी चला दी।

[56]

आरती के घर के बाहर एक टैक्सी आकर रुकी। उसमें से दादूजी निकले। घर का नौकर बाहर आया।

"पाय लागूँ दादूजी!"
"जीते रहो! जीते रहो! ये पैसे टैक्सी वाले को दे देना, और सामान उतारकर ले आना।"

दादू धीरे-धीरे छड़ी टेकते हुए घर के अन्दर दाख़िल हुए। आरती और इन्द्र किसी बात पर हँस रहे थे। आरती ने पूछा :

"सच्ची?"

दादू ने पुकारा :

"आरती..."

आरती दादू की आवाज़ सुनकर चौंकी।

“अरे, दादूजी...”
“कैसी हो बेटी?”
“अच्छी हूँ।”

इन्द्र घबरा गया कि दादू तो उसे पहचानते थे, कहीं राज़ न खुल जाए!

“दादूजी, एट लास्ट आपने नए ग्लास ले ही लिये।”
“तू तो आँखों के बग़ैर देखने लगी है!”

आरती दादू को इन्द्र के पास ले आई और कहा :

“इनसे मिला दूँ?”
“मैं इन्हें जानता हूँ।”
“जानते हैं?”
“बड़ी अच्छी तरह जानता हूँ।”

यह सुनकर एक पल को इन्द्र घबरा गया।

“आप कैसे जानते हैं?”
“प्रकाश, यही नाम है आपका?”
“जी, जी हाँ!”
“लेकिन आप कैसे जानते हैं इन्हें?”
“पार्वती ने चिट्ठी लिखी थी, तेरी माँ ने!”
“ओह...”

इन्द्र जाने के लिए खड़ा हो गया। दादूजी ने कहा :

“बैठो-बैठो।”
“नहीं, दादूजी, मैं चलता हूँ। फिर आऊँगा।”
“अच्छा, प्रकाश।”

इन्द्र चला गया। आरती और दादू सोफ़े पर बैठ गए।

"सुना है, तू फिर डांस शुरू कर रही है! इसीलिए अपनी बेटी से मिलने चला आया।"

"मेरा हौसला ही नहीं था दादूजी, लेकिन प्रकाश ने सचमुच हिम्मत दिला दी। और फिर एक और वजह भी है, इसलिए..."

"वो क्या?"

"वो तो प्रोग्राम के बाद बताऊँगी।"

"वैसे प्रोग्राम कब है?"

"चार तारीख़ को। बहुत डर लग रहा है।"

[57]

स्टेज के पिछले हिस्से में आरती पूरी तरह ड्रेस अप होकर इन्द्र के साथ आई। इन्द्र कह रहा था :

"डर कैसा? आज जैसा डांस तुमने कभी नहीं किया होगा।"

"माँ कहाँ है?"

"वहीं हैं, विंग में।"

"और दादूजी?"

"सबसे आगे बैठे हैं, प्रेस के साथ।"

पहली घंटी की आवाज़ आई। आरती बोली :

"मेरा दिल धड़क रहा है।"

"वो धड़कना ही चाहिए, बन्द होने वाली चीज़ थोड़े है।"

"प्रकाश, मुझे लगता है, वो...वो भी होगा यहाँ।"

"कौन...?"

"वो इन्द्र!"

इन्द्र ने ज़रा वक़्फ़ा लिया।
"होगा तो क्या है? उसने जान-बूझ के कुछ थोड़े ही किया था। कुछ है तो तुम्हारा फ़ैन ही होगा। क्या पता, अपनी जगह पर अपना प्रायश्चित्त कर रहा हो!"

पर्दा खुलने लगा। घंटी की आवाज़ के साथ। इन्द्र ने कहा :

"पर्दा उठ रहा है।"
"मुझसे नहीं होगा। माँ आ गई?"

माँ ने कहा :

"घबराओ नहीं बेटी!"
"माँ..."

आरती ने माँ के पैर छूए। इन्द्र ने आरती को बताया :

"आरती, सात क़दम सीधे जाना, और उसके बाद तीन क़दम बाएँ। स्टेज का सेंटर आ जाएगा। याद है?"

[58]

पर्दा खुला। एक तरफ़ साज़ बजाने वाले बैठे थे। आरती स्टेज के बीचोबीच आकर खड़ी हुई। सितार बजना शुरू हुआ। पहले गुरु की आराधना हुई :

'ॐ...
गुरुर्ब्रहमा, गुरुर्विष्णुः गुरुर्देवो महेश्वरः
गुरुर्साक्षात्परब्रह्म तस्मै श्रीगुरवे नमः

धा...धे...ता
ता...कत...ता
दिन...तना...
दिन...गेते...गेते...ना
न...ता...
गिर ता...
दिन...ता...धा...'

आरती नाचने लगी। दादू और अंकल बैठे देख रहे थे। दादू बोल पड़े :

''वाह-वाह!''

रक़्स बढ़ता गया। आहिस्ता-आहिस्ता आरती को ख़ुद पर एतमाद आने लगा। फिर स्टेज पर एक थाली आई, जिस पर खड़ी होकर आरती को नाचना था। किसी ने इन्द्र को आवाज़ दी, लेकिन आरती के पैर से लगकर थाली एक तरफ़ चली गई।
चारों तरफ़ ख़ामोशी छा गई। अचानक इन्द्र स्टेज के माइक को थामकर गा उठा :

'कोई...नहीं...है कहीं
आ...आ...कोई नहीं है कहीं...'

आरती ने सुना और फिर नाचने लगी।

'सपनों में क्यों खो गई
कोई नहीं है कहीं
फिर आँख नम हो गई
फिर कोई याद आ गया
रोशनी कम हो गई
किनारा मिलेगा यहीं
कोई नहीं है कहीं...'

आरती नाचती रही—इन्द्र के बोलों पर :

'बात थी ख़्वाब की
ख़्वाब बीत चुके
ख़्वाब दोहराते नहीं
ज़िन्दगी सपना नहीं
कोई नहीं है कहीं!'

साज़िन्दों के साथ बैठे गुरुजी ने तोड़े पढ़ने शुरू किए, आरती तोड़ों पर नाचने लगी और आख़िरी तत्कार तक पहुँच गई, बल्कि तहाई पर चक्कर भी लिये। नाच ख़त्म हुआ। तालियों की गड़गड़ाहट शुरू हुई, पर्दा नीचे गिरा।

[59]

दादू और आरती टैक्सी से चले जा रहे थे। दादू ने आरती से पूछा :

"लेकिन इतने रुपए देने किसे हैं, बताती क्यों नहीं?"
"बताया न दादूजी। उधार था किसी का, चुकाना है। इसलिए तो ये प्रोग्राम किया था।"
"लेकिन वो है कौन?"
"पहले चलिए, फिर बताऊँगी।"

दादू हँसकर बोले :

"हद हो गई! मैं नहीं जानता, तेरी माँ नहीं जानती और तू है कि इधर-उधर भटकती फिर रही है—अन्धी कहीं की!"

आरती ने मज़ाक़ किया :

“लगता है, दादूजी, आप ख़ुश हैं मेरे अन्धे होने पर!”

“अरे आरती बेटा, हम लोग तो बहुत अच्छे हैं। यहाँ तो बहुत ऐसे लोग हैं, जो ज़िन्दगी से हैंडिकैप हैं। हम तो सिर्फ़ फ़िज़िकल हैंडिकैप हैं। तेरी आँखें नहीं, मेरे पैर टूटे हुए हैं। तू देख नहीं सकती, मैं नाच नहीं सकता।”

“अरे, आप कैसे कह रहे हैं, आप नाच नहीं सकते?”

“मतलब?”

“जब आप चलते हैं तो लगता है, भारत नाट्यम कर रहे हैं!”

दोनों ज़ोर से हँसे। टैक्सी मेरी लेन की तरफ़ बढ़ती जा रही थी।

[60]

एक पब्लिशर अपने ऑफ़िस के केबिन में बैठा था। आरती उसके केबिन में आई। हाथ में चन्दन की लिखी स्क्रिप्ट थी। वही फ़ाइल।

“आइए आरती जी...आइए!”

“नमस्ते!”

“नमस्ते...ख़ूब हिम्मत की तीन मंज़िल चढ़ने की। मेरा ख़याल है, इतनी मेहनत करने के बाद यू डिज़र्व अ हॉट कप ऑफ़ कॉफ़ी।”

“वो जो नीचे बैठे हैं, उन्हें तो गर्म-गर्म दूध का गिलास भेजना चाहिए।”

एक चपरासी आया।

''कॉफ़ी ले आइए।''
''जी हाँ।''
''कौन, माँजी आई हैं आपके साथ?''
''नहीं, दादूजी। मेरे मामा। वे सीढ़ियाँ नहीं चढ़ सकते।''
''हाँ, तो फ़रमाइए?''
''मिस्टर गुडवानी, फिर उसी काम से आई हूँ। चन्दन की किताब के लिए।''

आरती ने पहले दस हज़ार रुपए का बंडल और फिर फ़ाइल उसकी तरफ़ बढ़ाई।

''ये उनका मसविदा।''
''इस काम के लिए मुझे घर बुलवा लिया होता।''

गुडवानी ने फ़ाइल ली और खोलकर देखने लगा।

''आप आते तो मुझे कॉफ़ी पिलानी पड़ती। अब आप पिला रहे हैं।''

गुडवानी ने फ़ाइल के दो-चार परचे पलटे और बोला :

''आरती जी, आपसे कोई ग़लती हुई है।''
''क्यों?...आपने इतने पैसे ही तो कहे थे?''
''मैं पैसों की बात नहीं कर रहा हूँ। इस फ़ाइल में तो ख़ाली पन्ने लगे हुए हैं।''

यह सुनकर आरती चौंककर खड़ी हो गई।

''नहीं...क्या कह रहे हैं आप?''

फ़ाइल ली और छूकर देखा।

''फ़ाइल तो वही है!''

''नहीं, आरती जी, वो फ़ाइल कहीं बदल गई होगी।''

''नहीं...नहीं, ऐसा नहीं हो सकता!''

[61]

एक प्रिंटिंग प्रेस में कुछ छपाई का काम हो रहा था। पास ही इन्द्र खड़ा था। एक काग़ज़ उठाया और ख़ुशी से उसे देखता हुआ दूसरी तरफ़ चला गया।

[62]

आरती अपने घर की बालकनी में खड़ी फ़ाइल के उन सफ़ेद पन्नों को एक-एक करके फेंक रही थी। तभी इन्द्र उसके क़रीब आया। उसके हाथ में एक किताब थी।

''आरती, आज मैं तुम्हारे लिए एक ख़ुशख़बरी लाया हूँ।''

आरती धीरे से घूमी और बोली :

''मैं जानती हूँ इन्द्र!''

इन्द्र आरती के मुँह से अपना असली नाम सुनकर हैरान हुआ।

''तुम...क्या...?''

"हाँ, इन्द्र, चन्दन की किताब लाए हो न! आज 6 जनवरी है न, बरसी का दिन। तुम्हारे सिवा और कोई नहीं जानता था ये—और जिन्हें मालूम था, वे एक अन्धी से ऐसा धोखा नहीं कर सकते थे।... इन्द्र, आज पहली बार आँखों की कमी महसूस की। एक ही ख़ुशी जिसके लिए जी रही थी मैं, उसे भी छीन लिया तुमने।"

इन्द्र आरती के क़रीब पहुँचा, हाथ में किताब थी चन्दन की। पशेमान-सा खड़ा था कुछ कहने की कोशिश में...आरती फिर कहने लगी :

"इन्द्र, मैंने क्या बुरा किया तुम्हारा, जो पता नहीं, कहाँ से चले आए तुम, और हर बार कोई न कोई हिस्सा काटकर ले गए मेरी ज़िन्दगी से! पहले चन्दन को छीना, फिर मेरी आँखें ले लीं...और फिर सिर्फ़ एक ही ख़्वाहिश थी मेरी, एक बार उनकी किताब छपवा सकूँ...वो भी नहीं करने दिया तुमने मुझे!"

आरती का गला रुँध गया। वह रोने लगी। इन्द्र बोला :

"आरती, मैं तुम्हारा दोषी हूँ। मैंने अपने दोष से इनकार तो नहीं किया। लेकिन मैंने जो कुछ किया..."
"तुमने अपने लिए किया। अपने दोष उतारने के लिए।"

इन्द्र चुप रह गया।

"इन्द्र, अब मेरे पास देने को कुछ भी नहीं बचा है, तुम चले जाओ। प्लीज़, प्लीज़, इन्द्र, इससे पहले

और कोई हिस्सा काट के ले जाओ तुम...तुम मेरी ज़िन्दगी से चले जाओ...प्लीज़, इन्द्र!''

इन्द्र मजबूर चुपचाप किताब लेकर वहाँ से चला गया।

[63]

आरती अपने कमरे में बैठी रोती रही थी। उसे इन्द्र के साथ बिताए वे पल याद आ रहे थे जो माँडू में गुज़रे थे। एक-एक करके आँखों से गुज़र रहे थे।

[64]

माँडू का क़िला जहाँ पर इन्द्र ने उसकी प्रान्दियाँ दी थीं एक बार।

''आपकी ये रह गई थीं। क्या कहते हैं इसे–गुलछड़ी...''

''गुलछड़ी नहीं, प्रान्दी!''

इन्द्र आरती के कमरे में सुबह-सुबह गुलछड़ी के फूल लेकर आया।

''अरे ये गुलछड़ी कहाँ से मिल गई इन दिनों में?''

''वैसे ही मिल गई, जैसे उस दिन आपको प्रान्दियाँ मिल गई थीं।''

दोनों हँस पड़े।

माँडू में जगह-जगह इन्द्र आरती की तसवीरें खींच रहा था। फिर आरती ने उसकी तसवीरें लीं। वह उसकी जूठी चाय पीते हुए कह रहा था :

"आप अपना धर्म भ्रष्ट क्यों कर रही हैं?"

फिर दोनों हँस पड़े।
आरती सोचती रही। फिर उसे याद आया, जब इन्द्र प्रकाश बनकर उसे गिरजाघर ले गया था। उससे पूछा था कि क्या मन्नत माँगी है, और आरती ने जवाब दिया था :

"आपको लेकर फिर आऊँगी यहाँ।"
"दूसरी मन्नत माँगने?"
"नहीं-नहीं, मन्नत चुकाने।"

फिर आरती को वह पल याद आया जब इन्द्र उसके लिए पायल लेकर आया था, और उसने पहनने से इनकार कर दिया था।

"मैंने देख लिया—पायल!"
"लाओ, मैं पहना दूँ।"

आरती ने बहुत दिनों बाद नाचना शुरू किया था। नाचते-नाचते सोफ़े से टकराकर गिरने लगी तो इन्द्र ने सँभाल लिया था।

"अरे, आप कब आए?"

आरती और इन्द्र समन्दर के किनारे टहल रहे थे। आरती डर रही थी कि वह गहरे पानी में न चली जाए, और इन्द्र कह रहा था :

"पास ही हूँ। जब मरज़ी हो, हाथ बढ़ाकर पकड़ लेना।"

स्टेज, जहाँ आरती का डांस शो था, इन्द्र और आरती खड़े थे। आरती स्टेज पर जाने से डर रही थी और उसने कहा था :

"वो...वो भी होगा यहाँ?"

"होगा तो क्या है? उसने जान-बूझ के कुछ थोड़े ही किया था। कुछ है तो तुम्हारा फ़ैन ही होगा। क्या पता, अपनी जगह पर अपना प्रायश्चित्त कर रहा हो!"

आरती ये सब याद करके बेतहाशा रोती रही। और उन पलों में ख़ुद को ढूँढ़ती रही। फिर अचानक उठी और टटोल-टटोलकर कुछ खोजने लगी। उसके हाथों से टकराकर चन्दन का फ़्रेम टूट गया। आवाज़ सुनकर माँ आ गईं।

"क्या हुआ बेटी? क्या ढूँढ़ रही है?"

"माँ वो...वो किताब देकर गया था?"

"हाँ! छोड़ गया था, दूँ?"

"नहीं...नहीं, माँ, मुझे नहीं चाहिए वो किताब! तूने रखी क्यों वो किताब? तुमने क्यों रखी?"

आरती कहते-कहते बिफर गई। माँ घबरा गईं।

"माँ, मुझे नहीं चाहिए वो किताब, मुझे नहीं चाहिए वो किताब! मुझे नहीं चाहिए, मुझे नहीं..."

आरती फफक-फफककर रोती रही। माँ ने देखा, ज़मीन पर चन्दन की तसवीर के फ़्रेम के टुकड़े-टुकड़े हो गए थे।

[65]

वही गिरजा, जहाँ लोगों की मन्नत पूरी होती है, जहाँ इन्द्र आरती को लाता रहा था, वहाँ आज वह अकेला उदास-सा खड़ा था। नीचे की तरफ़ देखा तो लम्बी-सी सीढ़ी नीचे तक उतरती चली गई थी। जहाँ ख़त्म हुई, वहाँ एक टैक्सी से आरती अपने दादू के साथ उतरती नज़र आई। ऊपर सीढ़ियों की तरफ़ बढ़ने लगी, तभी दादू ने रोका और पूछा :

"सुनो बेटी, अकेले कैसे जाएगी?"
"नहीं दादूजी, मैं चली जाऊँगी, बहुत बार आई हूँ। आप इसे पैसे दे दीजिए।"

आरती ने वहीं एक दुकानदार लड़के से मोमबत्ती ली थी।
आरती धीरे-धीरे दीवार का सहारा लिये ऊपर चढ़ रही थी। उसे देखते हुए दादू की नज़र उठी तो देखा, इन्द्र खड़ा है। इन्द्र उसे आता देखकर सीढ़ियाँ उतरने लगा। नीचे खड़े दादू कुछ समझ नहीं पा रहे थे, अब क्या होने वाला है! आरती और इन्द्र जब बिलकुल क़रीब पहुँचे तो आरती रुक गई। इन्द्र उसे रुकता देखकर खड़ा हो गया। आरती ने पुकारा :

"इन्द्र..."

इन्द्र कुछ नहीं बोला। चुप रहा और फिर मुड़ गया, नीचे जाने के लिए। आरती फिर बोली :

"प्रकाश...तुम हो?"
"हूँ...मैं ही हूँ आरती...इन्द्र।"

"कैसे आए? मन्नत माँगने?"
"फिर से माँगने आया था कि तुम..."
"मैं मन्नत चुकाने आई थी। मैंने कहा था न, जब मन्नत पूरी हो जाए, तो एक कैंडल शुक्राने की जलानी चाहिए।"
"तुम्हारी मन्नत पूरी हो गई?"
"हाँ, हुई तो...तुम्हारे कारण पूरी हुई।"
"चन्दन की किताब माँगी थी न तुमने?"
"हाँ..."

फिर दोनों चुप ख़ामोश खड़े रहे। आरती ने मुस्कुराकर अपने पैरों की पायल छनकाई। यह वही पायल थी जो इन्द्र लाया था और आरती ने पहनने से इनकार कर दिया था।

"मैंने सुन लिया। तुमने पहन ली पायल।"
"इन्द्र, उस दिन बहुत कुछ कह दिया था तुम्हें।"
"तुमने वही कहा, जो तुम जानती थीं। जो मैं जानता हूँ, मैंने नहीं कहा तुमसे, क्योंकि तुम समझ नहीं सकोगी।"
"भूल तुम्हारी नहीं, मेरी ही थी।"

बोलते-बोलते आरती फिर से सीढ़ियाँ चढ़ने लगी।

"मैं ही अपने अतीत को छोड़ नहीं पा रही थी। गुज़रे दिनों में ही लिपटे रहना चाहती थी।"

आरती अपनी ही धुन में बोलती हुई चढ़ती जा रही थी। इन्द्र वहीं खड़ा देख रहा था। वह कहती हुई जा रही थी :

"उससे बाहर आते हुए डर लगता था। जो देख नहीं

सकती थी, महसूस कर सकती थी लेकिन मानते हुए डर लगता था। तुमने बहुत कोशिश की, मेरा हाथ पकड़ के बाहर ले आओ, अब भी तुम्हारे भरोसे बाहर आई हूँ। तुमने कहा था न, जब भी हाथ बढ़ाऊँगी, पास ही मिलोगे?"

यह कहते हुए आरती ने अपना हाथ आगे बढ़ाया, पर इन्द्र वहाँ नहीं था।

"इन्द्र...इन्द्र...इन्द्र..."

आरती ने घबराकर इन्द्र को आवाज़ दी। नीचे खड़ा इन्द्र घबरा गया और चीख़ा :

"आरती..."

आरती घबराकर सीढ़ियाँ नीचे उतरने लगी। इन्द्र बड़ी तेज़ी से ऊपर की तरफ़ भागा। आरती बदहवास-सी नीचे उतर रही थी। जैसे ही आरती लड़खड़ाई और गिरी, इन्द्र वहाँ पहुँच गया और उसे अपने हाथों पर थाम लिया। आरती की आँखों से आँसू मोती की तरह टूट-टूटकर गिरने लगे। उसे लगा, उसकी ज़िन्दगी को किनारा मिल गया।

ख़त्म शुद

किनारा

जितेन्द्र : इन्द्र
हेमा मालिनी : आरती सान्याल
धर्मेन्द्र : चन्दन
ओम शिवपुरी : दादू
डॉ. लागू : अंकल
लीला मिश्रा : चाची (नौकरानी)
दीना पाठक : आरती की माँ
केष्टो मुखर्जी : गाइड
निर्माता : प्राणलाल मेहता और गुलज़ार
संगीत : आर.डी. बर्मन
कहानी : भूषण बनमाली
गीत, लेखक, निर्देशक : गुलज़ार

❂❂❂